全自動お茶汲みマシーンマミコ

白井瑶
Yo Shirai

KADOKAWA

装画・挿絵　MIKEMORI
ブックデザイン　西垂水敦・内田裕乃（krran）

CONTENTS

全自動お茶汲みマシーンマミコ ― 6
死者とセックス ― 11
全自動お茶汲みマシーンマミコと就職 ― 17
好きなんて言うなクソボケ嘘つきが　一生タワマンから出るな ― 21
全自動お茶汲みマシーンマミコと後輩指導 ― 30
家族にもなれないくせにバカみたい　誓えないならさようなら ― 35
全自動お茶汲みマシーンマミコと恋人 ― 43
口裂け女に「ブス!」と叫べば ― 47
全自動お茶汲みマシーンマミコと無敵の主人公 ― 54

母を養わない罪滅ぼしに、ＧＵＣＣＩの財布を買いました　59
全自動お茶汲みマシーンマミコと伝統（笑）　70
魔法使いが盗んだ十年　75
全自動お茶汲みマシーンマミコと他人の夫　83
件名：先日の別れ話について　89
全自動お茶汲みマシーンマミコとマミコをぺしゃんこにする男　100
ヨウくんと女と女と女　105
全自動お茶汲みマシーンマミコと指輪とセックス、あと殺意　114
やさしい彼氏を殴っています　119

全自動お茶汲みマシーンマミコの本命彼氏の本命彼女 129
ウサギとカメ#ウサギのサキちゃん 137
全自動お茶汲みマシーンマミコと天罰 143
ウサギとカメ#カメのカナメちゃん 151
全自動お茶汲みマシーンマミコと愛の日々 157
まだ「女の子」やってるの? 164
全自動お茶汲みマシーンマミコとけじめ 171
殻の割れる音 180
全自動お茶汲みマシーンマミコの暴走 191

全自動お茶汲みマシーンマミコ

マミコはＯＬだ。都内のメーカーに勤めている。

事務員はマミコを含めて八人。二十代はマミコ一人だが、去年入社した十九歳の後輩がいる。けれど彼女はかなりのコミュ障なので、現在『若い女』の役割はマミコ一人が担っている。

マミコは定時の一時間前に出社する。

制服に着替え、まずは給湯室に向かう。役職者や来客用の茶葉とコーヒーが切れていないことを確認し、台拭きに水を含ませて絞る。社員のデスクを拭いて回るのだ。その際に散乱した書類はさりげなく揃え、明らかなゴミはゴミ箱へ。ゴミをまとめ終わったところで、他の社員が出社しはじめる。

おはようございます！　おはようございます！　マミコはｒｏｍ＆ｎｄ（ロムアンド）のデュイフルウォーターティントを塗った艶めく唇で微笑む［※１］。

挨拶を返す者、会釈で済ませる者。分け隔てなく声をかける。会社にいる間、マミコは全自動お茶汲みマシーンなので、たとえ無視されても平気だ。全自動お茶汲みマシーンはイラついたりしない。

部長が席につき、パソコンを起動させたタイミングでマミコはコーヒーを淹れはじめる。マミコは全自動お茶汲みマシーンなので、ほとんどの社員の飲み物の好みを把握していた。部長のコーヒーはミルクなし、砂糖ひとつ。当然という顔をしてカップを受け取った部長が、黄色い歯を見せて笑った。あれぇ？　ちょっと太ったんじゃない？
ソーセージのような指に脇腹をちょんと突《つつ》かれて、マミコはひどーいと身をくねらせながら笑った。全自動お茶汲みマシーンマミコは高性能なので、このようなクッッッッッッッッソくだらない茶番にも付き合うことができる。

マミコは事務員なので、当たり前だが事務が仕事だ。
けれど、全自動お茶汲みマシーンマミコはお茶汲みはもちろん、お掃除、お世辞におつかい、何でも、何でもしなくてはならない。

昼食は事務員の女子みんなでとる。旦那の愚痴も、子供の話も、芸能人のゴシップもマミコはあまり興味がないが、ニコニコしながら相槌を打つ。ひと回り年上の先輩が、よく化粧や髪に時間とお金をかけられるよねと水を向けて来たときにのみ、そんなことないですよぅと発言した。マミコは己のメイクのコスパの良さを力説し、マスカラがCANMAKEであることを強調した[※2]。それは事実だが、ベースメイクと一見するとなんてことない薄いピンクの爪を彩るポリッシュがデパコスであることは意図的に伏せた。

午後、営業部長がケーキを買って帰ってきた。

女の子たちでどうぞ、という言葉にきゃっきゃと群がった。なぜ女の子だとケーキがもらえるのか気にする機能はマミコにはない。ついでに言うとなぜ女の子は難しい仕事をしなくて良いのか、なぜ事務員は女の子しか採らないのか、なぜ女子社員にだけ制服があるのか、その他諸々を気にする機能もついていない。

マミコは甘いものが好きだ。疲れた体に甘さが染み入る。そばを通りかかった男性社員が、美味しそうに食べるねと、マミコの頭をポンポンと撫でる。マミコは１㎜の好意もない男に不意に身体的接触をされても鳥肌が立たない機能をオフにしていた油断を悔いたが、１㎜の好意もない男に不意に身体的接触をされても不快感を表に出さずに可愛らしいリアクションをとる機能のスイッチはオンになっていたので事なきを得た。だってほんっとうに美味しいんです！　嬉しいな！

その日は飲み会だったので、マミコは全自動お茶汲みマシーンから全自動お酌マシーンへと変化を遂げた。料理を取り分け、ひとつも面白くない話で大笑いし、数百万回聞いたエピソードに感心するふりをした。結婚しないのかとの質問は笑ってごまかして、もう若くもないんだからと説教が始まっても笑顔を崩さない。はぁい、良い人がいたら紹介してください♡

好き勝手飲み食いをして若手相手にご高説を垂れた先輩社員と同じ額の会費を払って、マミコは二次会に行かずに帰路についた。マミコの住まいは新宿区のマンションだ。叔母が結婚前に買った部屋を格安で貸してもらっている。録画しておいたドラマを見ているとスマートフォンが光った。ＬＩＮＥ。今から行っていい？

一時間後にインターホンが鳴った。終電の時間は過ぎている。

ただいまぁ。疲れたよ。抱きついてくる彼は昼間にケーキを買ってきた営業部長で、練馬の自宅には妻と二人の娘がいる。お疲れ様、と声をかけるマミコはすでに入浴を終えていてすっぴんだったが、眉毛はある程度生やして整えてあるし、リップはＨＡＣＣＩのモイスト リップエッセンス ＢＥＥ ＫＩＳＳでぷるぷるに潤っている［※3］。風呂あがりに全身保湿ケアをしているので、さぞ触り心地も良いだろう。

煙草の臭いが染み付いたスーツ、肉がつき始めている背中に腕を回しながら、マミコは今から全自動既婚者性欲処理マシーンになるのね、と思った。全自動お茶汲みマシーンも、全自動お酌マシーンも、全自動既婚者性欲処理マシーンも、マシーンだから傷つかない。

全自動お茶汲みマシーン
@cosme_mmk

rom&nd
デュイフルウォーターティント

[※1]rom&nd(ロムアンド)のデュイフルウォーターティントは発色が良く、色持ちが良いのに乾燥もせず、ぷるんとするのでお気に入り。

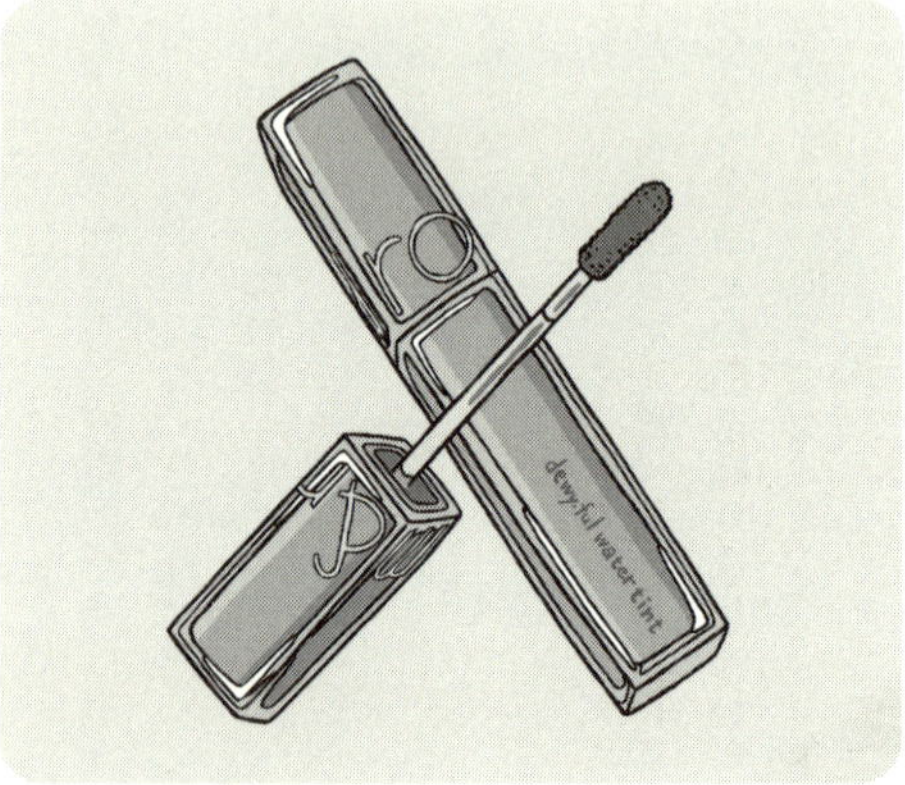

全自動お茶汲みマシーン @cosme_mmk

[※2]頑固な下向きまつげをカールしてくれるCANMAKE クイッククラッシュカーラー ロングマスカラは、長さも出るしパンダ目になりづらいので重宝している。

全自動お茶汲みマシーン @cosme_mmk

[※3]唇をツヤツヤに整えてくれるHACCIのリップトリートメント。はちみつの香りが癒やされるし、箱付きでリッチな気分になるのでプレゼントにもおすすめ。

「また死者とセックスしてしまいました」
そんな報告が空を飛び、彼女の手の中に届く。

死者とセックス

わたしと紗江《さえ》ちゃんは合コンで出会った。当日になって女の子が一人来られなくなり、急遽呼ばれたのが彼女だった。わたしと合コン幹事は会社の同期で、幹事と紗江ちゃんは大学の友人。合コン直前に彼女に会って、一瞬で目を奪われた。顔立ちもスタイルも普通なのに、雰囲気が圧倒的に可愛い。ノースリーブとショートパンツから潔く出した手足が眩しかった。決して細くはないけれど、柔らかそうな太ももからは健康的な自信が漂う。昔テニスで鍛えていたとは思えない、日焼けとも筋肉とも無縁に見える脚だった。

コンパは紗江ちゃんの一人勝ちだった。華やかで親しみやすい笑顔に男性陣はすぐ骨抜きになった。わたしはというと、適当な相槌を繰り返しながら元彼のことを考えていた。元美容師でバンドマン、バーテンダーのバイトで小遣いを稼ぐ3B男。部屋に転がり込まれて二年、ほとんどヒモ状態だった。そんな彼から一方的に別れを告げられたのが先月。今この瞬間にも電話があるかもしれないと思うと、スマートフォンが気になって仕方なかった。

解散は終電ギリギリだった。わたしと紗江ちゃんはみんなと別れて私鉄の改札に向かった。

「みんな紗江ちゃん狙いだったね。モテるね」

「モテるよ。えへへ」

言い切る自信に好感が持てる。誰より積極的に飲み食いしていたのに、ピンクの口紅は鮮やかなままだ。会話が途切れたタイミングで、わたしはちらりとスマートフォンに目をやる。


「別れたばっかりなんだっけ。ずっとスマホ気にしてたよね」

「わかっちゃった？」

「バレバレだよ。彼から連絡あった？」

黙って首を横にふる。最後に送ったメッセージも、未だ既読になっていない。電車の音と振動がタプタプの胃に不快に響いた。


「ねぇ、その彼、死んだんじゃない？」

予想だにしない発言に、は？　と尖った声が出てしまった。紗江ちゃんは少しも気にしてないようで、ゆったりとした口調で話を続けた。

「紗江はね、別れた彼氏は全員死んだと思ってるの。だから連絡なんてあるはずないし、あったとしたら心霊現象」

酔っ払いのサラリーマンが紗江ちゃんの脚を舐めるように見ていた。紗江ちゃんは視線どころかサラリーマンの存在自体が見えていないかのように、完全無視をキメている。

わたしが言葉を返せずにいると、あ、と紗江ちゃんは手を打った。

「お葬式。そう、ちゃんとお葬式しよう。『悪霊退散！』してあげる。連絡するね。じゃあ！」

彼女の最寄り駅についたらしい。思いついたことを言うだけ言って、慌ただしく電車を降りていく。お葬式……わたしの元彼の、だろうか。悪霊退散はまた別の儀式だと思うけど。

ひと息ついて、わたしは電車のシートに腰を下ろした。紗江ちゃんを目で舐めていたサラリーマンは、カバンを投げ出していびきをかいていた。

「連絡するね」は社交辞令ではなかった。翌日紗江ちゃんからＬＩＮＥがあり、次の週末に会うことになった。彼女曰く、『お葬式』だ。場所は普通の飲み屋だけど、ドレスコードは全身黒。随分前に「ちょっとしたパーティに」と買わされたリトルブラックドレスとやらをこの際下ろすことにした。

紗江ちゃんも黒いワンピースで来た。ただしスカートは短く、白い素足を見せびらかしている。12㎝のピンヒール、ざっくりまとめたポニーテール。ピアスは一応パールらしいけど、デカい。本当のお葬式なら常識外れもいいとこだ。

グラスを次々空けながら、わたしたちは別れた男の悪口を言い続けた。罵詈雑言を漢字にして並べ、それを元彼・3Bの戒名とした。禿隠自撮歩絵夢紐小便飛散足臭男だったと思う。紗江ちゃんはめちゃくちゃなお経を唱え、アーメンと十字を切り、悪霊退散！　とわたしの肩を叩いた。後で聞いたら案の定、お葬式に出たことはなかった。

「男がこの世に強い性欲を残して死ぬと……幽霊となって元カノなどにLINEを送る……」

酔いが回った紗江ちゃんは霊媒師になりきっていた。霊媒師・青山《あおやま》紗江氏によると、死者とセックスをすると生気を吸い取られ、あの世に引きずり込まれるらしい。机に突っ伏したまま喋るので、声がこもってちょっとそれっぽい。

「じゃあ紗江ちゃんは、ヨリ戻したこと一度もないの？」

「めちゃくちゃあります」

ぱっと顔を上げた紗江ちゃんは霊媒師キャラを一瞬で捨て、甘えた声でワインのお代わりを注文した。

「紗江ちゃんは死んでるってこと？」

「生きてるよ。一回死んで生き返ったの」

生き返りアリのルールらしい。どうやって？　と尋ねると、少し考えてからこう答えた。「紗江のことを大好きな人とセックスするんだ」。
——死者とセックスすると、生気を吸い取られて死ぬんじゃなかったか。それなら死者の紗江ちゃんとセックスをした、紗江ちゃんのことを大好きな誰かは、紗江ちゃんの代わりに死んだんじゃないの。そう聞いてみたかったが、わたしが口を開く前に彼女は眠りに落ちてしまった。苦笑いする店員さんからワインを受け取り、わたしは紗江ちゃんの身代わりになった誰かを偲んだ。

それから紗江ちゃんは、たまに連絡してくるようになった。毎回お葬式の知らせだ。「別れた相手からの連絡なんて心霊現象」と言っていたわりに、紗江ちゃんは元彼たちともちょくちょく会ってはセックスをしていた。成仏してなかったんだね〜なんてふにゃふにゃ笑って、またちゃくちゃなお経を唱える。それでも、わたしの前の紗江ちゃんはいつでもちゃんと生きていたから、他の誰かから生気を搾取した後だったんだろう。

ところが二年ほどすると、お葬式の開催はぱたりと止まった。信じられないことだけど、紗江ちゃんに真剣な交際相手ができたのだ。相手は中学の同級生らしい。代わりにわたしから彼女に連絡するようになった。地獄の底より蘇りし3B、またの名を禿隠自撮歩絵夢紐小便飛散足臭男と、ついにセックスしてしまったのだ。別れてから一年経たずに連絡が来て、ずっと無視していたのだけど、一度会ってしまったが最後、気付けばセフレになっていた。死者とセックスするたびに、わたしにはお葬式と念入りな除霊が必要になる。

「またやっちゃったの。あなた、取り憑かれてますね」

茶化して笑う紗江ちゃんの桃色の爪、白い指、銀色の指輪。彼女は来年の春に結婚する。

元彼のことが好きなのかと聞かれたので違うと答えた。本当だ。そんな甘ったるい感情はとっくに消え去っている。


「ねぇ紗江ちゃん、」

わたしたちの関係は何なんだろうね。わたしたち、お互いの出身地も、好きな音楽も知らないね。セックスのために会うのがセフレなら、他の誰かとセックスしないと会えない関係には、どんな名前をつければいいのかな。そんな喉まで出かけた本音を、ギリギリで呑み込んだ。

ん？　と首をかしげる紗江ちゃんは相変わらず可愛いが、出会った頃の強烈な魅力は失われていた。良くも悪くも普通に幸せになれる女性。

「……強めに除霊、お願いします」

「ふふ。よかろう」

わたしはおどけて頭を下げ、紗江ちゃんは得意げに腕を組んだ。

明日の朝、この店を出るとき、紗江ちゃんはきっと今思い出したみたいなフリをして、わたしに招待状を手渡す。お葬式じゃなく結婚式だ。わたしの前では黒い服ばかり着ている彼女の純白のドレス姿は、きっとすごく、すごく綺麗だ。キャアキャア騒いで受け取ろう。泣かずにおめでとうを言いたいと思う。もしものときの言い訳のために、わたしはビールを一気にあおった。

全自動お茶汲みマシーンマミコと就職

今でこそ全自動お茶汲みマシーンのマミコだが、もちろん生まれたときから全自動お茶汲みマシーンだったわけではない。

出身は北関東で、両親の他に姉がいる。要領と愛想のいいマミコは、周りから可愛い可愛いと言われて育った。勉強も苦手ではなかったので、地元の進学校から都内のそこそこ名前の知られた女子大に進んだ。

東京にはマミコより賢い子や、可愛い子など山ほどいた。けれど、マミコは要領の良さゆえにちょっとおバカでまあまあ可愛い子、の需要を早々に見抜いた。地元ではどちらかと言うと知らないと言えず、知ったかぶる傾向にあったマミコだが、上京してすぐに、わかんない♡　すごい♡　はじめて♡　を覚えた。男にちやほやされると、都会はもっと楽しくなった。

マミコは大学に入る前、自分は四年間好成績を収め、その後は人が羨むようなオフィスでバリバリ働くものだと思っていた。その能力があると信じていた。いや、今も信じているのかもしれない。成績が中の下だったのは本気で頑張らなかったからだし、飲み会やバイトで忙しかったからら。就活につまずいたのもスタートがちょっと遅かったから、と。

就職活動は、マミコの初めての挫折と言っていいだろう。地元で自慢できるような有名企業からは、片っ端から不採用をくらった。今の勤め先はまったく有名ではない中小企業だが、内定を得たとき、マミコは安堵で涙した。やっと存在を認められた気がした。志望業界でも希望する職でもなかったが、マミコには就活を続ける気力も、就職浪人の覚悟もなかった。安い給料。微妙な勤務地。昇級の見込みはほとんどなし。本当にこれでいいのかと思わないでもなかったが、女の子だからいっか、と内定承諾書にサインした。当時の彼氏は同い年のＪ大生で、大手広告代理店の内定を持っていた。もしかしたら、彼と結婚するかもしれないもんね♡

……結局、その彼は社会人になってすぐに『頭が良くて自立した彼女』とやらに乗り換えた。現在婚約中だそうだ。

今勤めている会社では、事務職の新卒採用はマミコが初めてだった。

仕事は簡単で、すぐに覚えられた。しかし、古い会社なので明らかに効率の悪いやり方、無駄なやりとりがいたるところで発生していた。マミコは上司に改善案を提出したことがあるが、おっいいね！　でもみんな、今のやり方に慣れちゃってるから厳しいかな（笑）ごめんね（笑）と肩を叩かれて終わった。当時のマミコは落胆したが、今ではその『やり方に慣れたみんな』の仲間入りをしたので特に苦はない。

ニコニコ愛想を振りまいて、何を言われても素直にうなずき、ちょっとしたセクハラや見下しにも笑顔で応じることにより、マミコは色々なものから守られ、同時に様々なものを失った。そうして少しずつ、マミコは全自動お茶汲みマシーンになっていった。

二十代も後半になった今、友人たちはそれぞれ部下を持ったり、大きな仕事を任されたり、留学したり、結婚したり、それぞれの階段を上っている。マミコだけが、未だに女の子のまま足踏みしている。一応正社員だが、全自動お茶汲みマシーンには何のスキルも身についていない。

どこで間違えたんだろう。そう思いながらマミコはＣＯＴＡ（コタ）のアイ ケア シャンプーで髪を洗い［※1］、ルルルンのプレシャス ＷＨＩＴＥ（クリア）でお肌を労わり［※2］、ＵＺＵのまつげ美容液を忘れずに塗って就寝した［※3］。

全自動お茶汲みマシーン @cosme_mmk

[※1]硬くて太いマミコの髪もCOTA（コタ）のアイ ケア シャンプーでだいぶ落ち着く。香りも良いのでご褒美アイテムとしてリピート中。

全自動お茶汲みマシーン
@cosme_mmk

LuLuLun
ルルルンプレシャス WHITE（クリア）

[※2]高密着で下をむいても落ちないので、ルルルンのシートマスクをしながら10分ほど掃除をするのがマミコの日課だ。

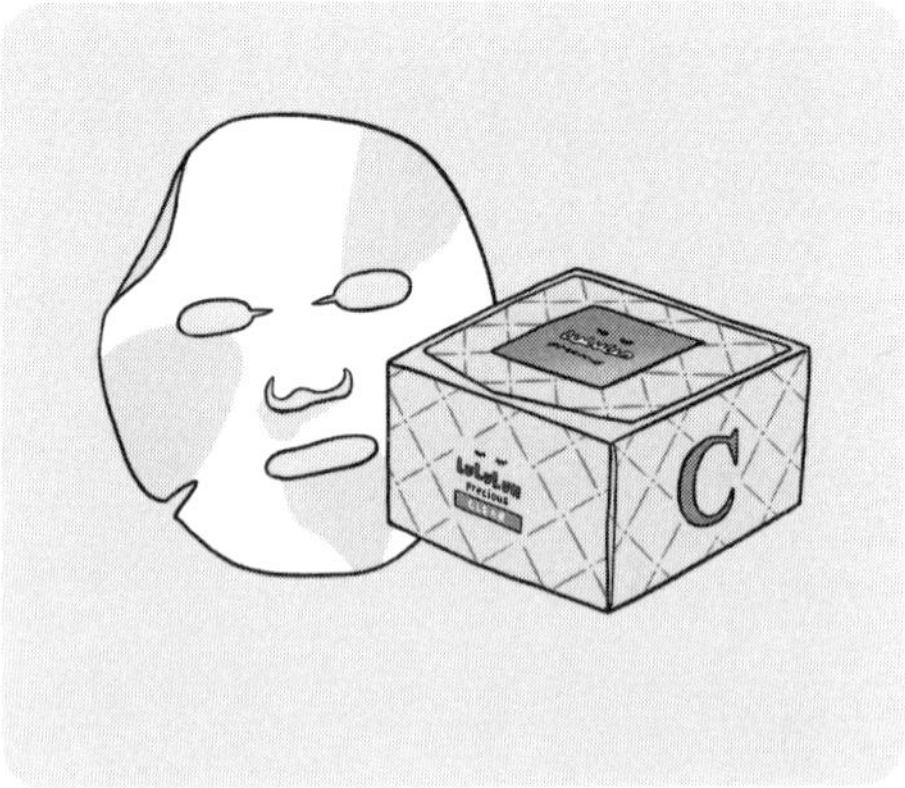

全自動お茶汲みマシーン @cosme_mmk

[※3]UZUのまつげ美容液のおかげでまつげにコシが出て抜けにくくなった。ちなみに夜のみ使用中。

好きなんて言うなクソボケ嘘つきが　一生タワマンから出るな

あなたが指定したカフェはどの駅からも微妙に遠く、しかもその日は雨でした。約束時間の五分前。わたしは入り口の前でお気に入りの傘の水滴を払い、愛想の良い店員に待ち合わせだと伝えました。

通された席は窓際で、ひんやりとした空気に足先からスカートの中までを撫で上げられるような心地がしました。窓から見えるのは、灰色の空とビルとマンション。どこにでもある東京の風景です。目の前の古いアパートの端のベランダでは、洗濯物が干しっぱなしになっていました。雨が降りだしたのは昨日なのに、住人は何をしているのでしょう?

温かい紅茶を注文し、わたしはあなたを待つことにしました。あなたが時間を守ることを期待しなくなり数年が経ちます。

あなたは二十五分遅れでやってきました。出がけにトラブルがあったそうです。「どうせ……」となじる言葉が喉まで出たけれど呑み込みました。あなたはよれたスウェット素材のワンピースに、毛玉のついたカーディガンを羽織っていました。メイクはやはりしていません。「諦めたんだな」と思いました。あなたの左の頬骨のあたりは紫色でした。

注文を聞きにきた店員はあなたの顔を見て目を見張りましたが、すぐに接客用の笑顔を作り直しました。あなたはアイスコーヒーを頼みました。妙に明るい声色でした。

あなたはわたしの格好を見て、仕事帰りかと聞きました。わたしがうなずくと、そっか、ごめんね、来てくれてありがとうなどと、無難な言葉を並べました。「わざわざ会いに来てくれるのは、もう眞子《まこ》しかいないから」と卑屈な笑みを貼り付けて。

「仕事は順調？　最近眞子の会社のＣＭよく見る。すごいね、景気良さそうじゃん。わたしはまだ無職です。このあたり微妙にアクセス悪いじゃない？　ドアｔｏドア二十分以内って考えると、電車通勤はほぼ無理だしさ。近所で土日休みで接客業じゃゃなくて残業もなくて……って考えると、選択肢なんてほとんどない」

あなたは何かに追われるように早口でまくし立てました。先程とは別の店員が、コースターとアイスコーヒーをあなたの前に置きました。あなたはストローをテーブルに突き立てるようにして紙袋を破り、投げ入れるみたいにグラスにさしました。

「彼は働かなくても良いって言ってくれてるけど……ねぇ。まだ結婚だってしてないんだよ？　家賃も全部彼持ちだし、なんだか悪い気がするよ。彼が一生懸命働いたお金で、わたしばっかり楽してさぁ。最近、彼また昇進したんだ。忙しくってストレスもすごいみたい。その……だから仕方ないんだよ。ね？」

そう言ってあなたは、自分の左目の下を指でなぞりました。

「たまにちょっと……なんて言うのかな。感情の抑えが利かなくなる？　利きづらくなる？　ていうか。ね。はは。でも全然、大したことないよ。これだってちょっと小突かれたときに、自分でソファの肘掛けにぶつけちゃったの。だから全然大丈夫なんだけど」

あなたはストローに口をつけましたが、中身はまったく減っていないように見えました。あなたはわたしと目を合わせず、窓の外、コーヒー、テーブル、わたしの鳩尾《みぞおち》あたりなど、せわしなく視線をさまよわせています。それでも口元は笑顔の形をキープして、一人で話を続けました。

「そうだ。眞子はクリスマスは何してた？　わたしはね、彼がミシュラン2つ星のレストランに連れて行ってくれたの。プレゼントも……あ、ちょっと待って。スマホ見て良い？」

わたしの返事を待たず、あなたはスマートフォンを手に取り素早く何かを打ち込みました。操作が終わると、ブラックコーヒーを無意味にかき混ぜ、飲まずにコースターの上に戻しました。頬杖をつき、今思い出したようにあなたは言います。

「果林《かりん》たちは元気？　那美《なみ》も結婚したんだね。インスタで見た。澄香《すみか》は海外転勤？　すごいね。しばらく会えなくなるのかな……まぁわたしはずっと会ってないけど。この前、みんなでランチしてたよね。楽しそうだった。でもあんなところ、わたしは行けないから仕方ないよね」

そこから短くはない沈黙があり、あなたが絞りだしたのは、「みんなはわたしのこと、何て言ってる？」という問いでした。嘘をつく気はなかったので、わたしは正直に答えました。「何も言っていないよ」と。およそ二時間半のランチとお茶で、あなたの話題は本当に一度も出ませんでした。ちなみに澄香の海外行きは転勤ではなく出張なので、とっくに帰ってきています。

あなたは少し傷ついた顔をしました。かつてのわたしはこの顔に弱く、あなたのためなら何でもしてあげたいと思っていました。今だってそう思っています。けれど、何もさせてくれないのがあなたという人です。店内でかかっていた古いジャズと、強さを増した雨音が混じってわたしたちの間を居心地悪そうに漂っていました。

「なんか……逆に陰湿って感じがする。わざと触れない、みたいな？」

あなたはハハハと笑いました。いえ、あたかも笑ったかのようにハハハと発音しました。「逆に」の意味はわたしにはわかりませんでしたし、たぶんあなたにもわかっていないのでしょう。

「男の人に養ってもらうのって、そんなにダメかなぁ」

あなたがストローでグラスの縁をなぞり、窓のほうに顔を向けたので、わたしからは顔の右半分しか見えなくなりました。つるりとした綺麗な横顔でした。ずっとそのまま、痣のない顔だけを見せてほしいと思いました。

「女もみんな、職を持つべきなんて誰が決めたの」

不当なルールを押し付けられているかのようにあなたは言います。でもそれは存在しないルールでした。ＳＮＳには載せていませんが、那美だって二ヶ月前から専業主婦です。

あなたが遠巻きにされている理由は、素敵な彼氏に養われながらタワマンに住んでいるからではなく、ＤＶ男に支配され、何度も約束をドタキャンし、裸足で部屋から放り出され、仕方なく友達の家まで行くもお金がないのでタクシー代を友達に払わせ、後から彼氏が一言の詫びもなく現金書留でタクシー代を送ってよこし、外出を制限されたあなたは家から二十分以内の場所までしか出歩けず、彼と一緒のとき以外は化粧も禁止され、罵倒され、見下され、殴られ、怪我をし、何度周りに別れろと言われても絶対に別れないからです。


「これだから女ってイヤ」

窓に落ちる雨粒を見ながらあなたはそう吐き捨てましたが、それはあなたの彼氏の口癖だったはずでした。

付き合いはじめてすぐ、あなたは彼を紹介してくれました。

初めて会ったあなたの彼氏は落ち着いていて余裕があり、とても素敵に見えました。でも折々で「さっぱりしていて、良い意味で女っぽくない」「女の陰湿さを感じない」なんて言葉でわたしを褒めた気になっていたし、あなたのことを「団体行動が苦手だし、お世辞が言えるタイプじゃないから」「女にいじめられないか心配」とも言っていました。彼の中では、女は陰湿で嫉妬深く、少しでもはみ出す同性を許さない生き物のようでした。

あのときの違和感をすぐにあなたに伝えていれば、あなたは今でも大好きだったADDICTIONのチークやネイルを身に纏い、お気に入りだったバカみたいにデカいピアスをつけて、ゴールデン街でベロベロに酔って、わたしの知らないブランドの、無地なのに五万円するTシャツに安物のワインをこぼして泣きながら笑っていたでしょうか。

わたしはあなたの、はっとするような色のリップを塗って豪快に笑った顔が好きでした。でももしも、あなたがファッションやメイクへの興味を失ったとしても、逆にハイブランドで固めていても、ロリータでもビジュアル系でもユニセックスでもユニクロでも、あなたが好きでそうしていたなら、わたしはあなたを大好きだったと思います。

けれどもう、あなたはあなたの意志を失い、彼の一部になってしまったみたいです。あなたのことが心配で、DV相談窓口を探した果林、家に匿《かくま》おうとした那美、引っ越しにかかる初期費用から生活費まで貸すつもりだった澄香。全員あなたの幸福を妬んで引き裂こうとする陰湿な女ということですか。

あなたが彼の考えに心の底から同調し、幸せならまだいいのです。けれど、あなたは正しくないと知っていながら、すべての不幸や不安や不都合の理由に彼の主張を採用しました。この数年間、あなたは彼を選び続けています。

……どうしてですか？

自由や権利と引き換えにしても、彼との生活が大事ですか。その他の人間関係なんて、取るに足らないものですか。彼が高収入で、有名企業に勤めていて、身長が１８０㎝で、顔が窪田正孝《くぼたまさたか》にちょっと似ていて、東京出身の次男で、何より男性だからですか。わたしだって、そこそこ稼ぐし有名企業の社員です。身長は１６０㎝しかないけど、たまに中村《なかむら》アンに似てるって言われるし、出身だって東京です。でもダメですか。女だからですか。ねぇもしも、……もしもですけど、わたしが彼の倍以上稼ぐエリートで、身長１８５㎝で、顔も窪田正孝そのもので、ＮＹ出身の四男で男性だったとしたら、選んでくれていたりしますか。あ、いいえ、答えによっては死にたくなるので聞きません。

「別れて」

三。ほぼ相槌のみに終始していたわたしが、脈絡なくそう言ったので、あなたは「え？」という顔をしました。これを言うためにわたしは電車を乗り継いできました。今まで百回は伝えた言葉です。そして今日。ラスト三回と決めています。

「な……なんで？」

あなたはそう尋ねてきたけれど、今さら理由を述べる必要があるとは思えませんでした。わたしは黙ってあなたの目を見つめます。残機は二。無駄撃ちしたくはありませんでした。

あなたは明らかにうろたえていました。茶色がかった瞳に一瞬おびえが浮かび、あなたは目を伏せました。一生使いきれないほどのアイシャドウを持っていたはずのあなたのまぶたは、ただひたすらに皮膚の色でした。


「……関係ないじゃん。なんで彼とのことまで口出すわけ？」

「別れて」

二。関係ない。そうですか。わたしはあなたが好きだったので、好きな人が傷つけられているのが辛かったです。あなたの顔や体の痣が、両者納得のＳＭや特殊性癖によるものならば、引いたとしても止めません。でも違う。わたしにこのまま見て見ぬ振りをさせ、納得できない話を呑み込ませ、結婚式では「色々あったけど良かったね」なんて涙を流させるつもりですか。そんなの絶対ごめんです。


「友達でしょ？」

そうですね。幸せの形は人それぞれで、本人にしかわからない。あなたが幸せなのだと言うのなら、見守るべきかもしれません。でもそれは、果林や那美や澄香やわたしにできることではなかった。何も強制できない『友達』であるわたしたちは、受け入れるか、離れるかしか道はない。

「……眞子だけは信じてたのに」

うるせえ。そうやってあなたが気まぐれに放つ、羽根より軽い言葉のせいで、ずっとずっと離れられなかった。「眞子だけ」「眞子しか」「眞子が一番」なんて台詞を信じたかった。あなたの一番はわたしじゃなくて、未来永劫あのミソジニー野郎のくせに、テキトーなことを言うなボケ。最高の友達は最低の恋人に勝てない。最悪。

「眞子……」

そんな目でわたしを悪者にするな。この二年、目の前で親友の解体ショーを無理やり見せられたような心地のわたしに、これ以上何を求めるのですか。

「眞子、だって彼は……」

「別れて……」

一。叩きつけるように叫ぶつもりだったのに、語尾が震えて情けない。目頭がじわりと熱を持ち、鼻の奥がツンとします。絶対に泣きたくなかった。だから歯を食いしばったけど、同じく泣き出しそうな顔のあなたが、彼を庇う言葉を探しているのがわかってしまって、わたしは千円札をテーブルに置いて一人でカフェを出ることにしました。雨は降り続いていて、傘立てに入れたはずの傘はなくなっており、親友と傘を失ったわたしは、仕方なく雨に濡れながら、タクシーを拾うために大通りを目指しました。

あなたが追いかけてくることを、少し期待している自分がいました。でもあなたはきっと、あのカフェで被害者ヅラして少し泣いた後、クソミソジニーDV野郎の待つマンションに帰るのでしょう。そしてこういうときだけやさしいあのクソミソジニーDV野郎に頭を撫でられるなどして、わたしの決意も、あなたたちのドラマチックな恋愛の燃料として消費されてしまうのでしょうね。

こうしてお姫様はタワマンに帰り、DV王子といつまでも幸せに暮らしましたとさ。めでたしめでたし。は？　何が？？？　一生タワマンから出るな。

全自動お茶汲みマシーンマミコと後輩指導

マミコの後輩が入社してきたのは、昨年のちょうどこの時期のことだ。

役員の遠縁の親戚か何かで、いわゆるコネ入社である。日本有数の名門大学に現役合格したにもかかわらず、半年経たずに中退したらしい。

四年半前のマミコの新卒入社以来、事務員の採用は初めてだった。そのマミコの入社時より若い『十代の女の子』が来るとあって一部の男性社員は色めき立ち、マミコちゃんも若い子枠奪われちゃうね（笑）と軽口を叩く者もいた。しかし、彼女の入社を最も心待ちにしていたのは他でもないマミコだったのである。中途半端な歴史を持つこの会社には、『一番若い事務員が』『自主的に』『誰の評価も求めずに』行うことを期待される昭和の残り汁に漬けたボロ雑巾のようなクソルーティンがあり、そのバトンを渡せると思っていたのだ。

しかし、結論から言うとその目論見は外れた。入社してきた後輩は極度のコミュ障でろくに挨拶もできない上にこだわりが強く、事務仕事以外は断固拒否した。私の役割じゃないから、だそうだ。指導係の先輩社員とマミコの前でうつむいて、手と唇を震わせながら、いやです、を繰り返す姿は、全自動お茶汲みマシーンとして言われるがまま、流されるまま生きているマミコには衝撃的だった。

苛立つ先輩社員をなだめながら、マミコは自分からクソルーティンの継続を申し出た。全自動お茶汲みマシーンは切り替えと諦めが早い。後輩など入ってこなかったと思えばいいのだ。この面倒な後輩の指導係でないだけ幸運である。

指導係の先輩は三十代後半の独身女性で、社歴十年以上のベテランだ。挨拶はして。わからないことは自分から聞いて。気付いてもらえると思わないで。言われたらお茶ぐらい淹れて。繰り返す注意の言葉にも固い響きが混じってくる。

通りがかった男性社員が、若い子をいじめるなよと茶々を入れる。いいじゃん、嫌がってんだから。お茶なら他の子に淹れさせれば？　数日前、失注した部下を怒鳴り散らしていた口でよく言えたものである。先輩社員は何か言いたげに彼を見たが、目を伏せて唇を噛みしめた後、そうですねと言って場を後にした。

マミコは後輩相手に微笑みかける。困ったら、いつでも聞いてくれていいからね？　後輩はこくりとうなずいたが、彼女が声をかけてくることはおそらくない。マミコにとってはそれより自分が気配りのポーズを示せたことと、朝から化粧直ししていないにもかかわらず、マキアージュのエッセンスジェルルージュの色艶が唇に残っていることのほうが重要だった［※1］。

しばらくすると先の男性社員が戻ってきた。大丈夫？　女って怖いよねぇ。若くて可愛いから嫉妬してるんだよ。やたらと大きな声なのできっと先輩にも聞こえただろう。ぽきりと心の折れた音が、マミコの耳にはたしかに届いた。

見当違いの慰めを口にする彼が、後輩となぜかマミコのデスクにもコンビニのモンブランを置いていく。嫉妬？　本気で言ってるの？　……本気で言ってるんだろうな。マミコは苦笑しつつ、軽く会釈するだけの後輩に代わってありがとうございますと言った。彼が満足そうに去った数秒後、珍しく後輩が口を開いた。モンブラン、嫌いなのに……。

その日の終業間際、お使いに出ていたマミコが戻ると、後輩が泣いていた。例の男性社員に怒鳴られたらしい。来客があったのだが事務員は全員手が離せず、彼はその後輩にお茶汲みを頼んだ。何度も急かされしぶしぶ給湯室に立った彼女は、お茶の淹れ方がわからずに茶葉をその辺にあったマグカップ——ちなみに部長の私物だった——に入れ、水道水を注ぎスプーンでかき混ぜたものを出したのだという。男性社員は恥をかかされたと、たいそうお怒りになったそうだ。ちゃんちゃん。

大丈夫？　マミコは後輩に声をかけたが、私の仕事じゃないのに、私の仕事じゃないのに、と彼女は繰り返すばかりだ。涙がポタポタとデスクに落ちて、いくつかの書類にシミをつくった。指導係の先輩は今日に限って有給である。

あーあ、と思いつつマミコはカバンを持ってトイレに立ち、NARSのラディアントクリーミーコンシーラーで鼻周りと目の下をカバーして［※2］、エレガンスのラ プードル オートニュアンスをはたき［※3］、マッチングアプリで出会った商社マンとのデートのために退社した。マミコにとっては泣き出した後輩より、先輩社員の虚しさより、自身の作り込んだ肌の滑らかさとワンプッシュしたTOCCAのヘアフレグランスミストがふわりと香ることのほうが、やはり重要なのだった［※4］。

全自動お茶汲みマシーン　@cosme_mmk

[※1]マキアージュのエッセンスジェルルージュはツヤツヤで色持ちも塗りやすさも抜群。色味のネーミングも可愛いくて2色買い。

全自動お茶汲みマシーン　@cosme_mmk

[※2]コンシーラーはNARSのラディアントクリーミーコンシーラー一筋。カバー力があり、かつ少量でよく伸びるので重宝している。

全自動お茶汲みマシーン　@cosme_mmk

[※3]化粧直しにも便利なエレガンスのプレストパウダーは、見た目の可愛さも文句なし。透明感と崩れにくさを兼ね備えた名品。結局これに戻ってくる。

全自動お茶汲みマシーン
@cosme_mmk

TOCCA
ヘアフレグランスミスト

[※4]見た目もかわいく、甘いけど甘すぎず爽やかさもあるフレグランス。万人受けする香りでデートにもおすすめ。

家族にもなれないくせにバカみたい　誓えないならさようなら

去年の誕生日、彼から花束をもらった。わたしの好きなダイヤモンドリリーがふんだんに使われた大きな花束。幸せな気持ちで花束に顔をうずめるわたしに向かって彼は言った。

「三十歳。俺に捨てられたら、無職の家無し三十女になっちゃうね」

……もちろん冗談、ジョークである。

八時に彼を送り出してからソファでうとうとし、目覚めたらすでに十二時を回っていた。大きく伸びをして起き上がる。開け放した窓から吹き込む風が気持ち良かった。わたしはあくびをしながらキッチンに向かった。朝食で使った皿やコップがまだシンクの中に残っている。構わず小鍋で水を沸かして乾麺を突っ込み、冷蔵庫の中の野菜とベーコンを炒め、作り置きの味玉を乗っけてラーメンが完成。ローテーブルに鍋敷きを置いて器に移さずそのまま食べた。みんなが慌ただしく働いている平日の昼間に、わたしは何の不安もなくラーメンを啜っている。幸せだなぁ、と思った。

テレビをつけると、いつものワイドショーが始まっていた。わたしに関わりのない企業の不正、遠い地方の火事や知らない政治家の失言に続き、話題は大物お笑い芸人のスキャンダルに移った。

仕事をやるとか干すとか言って、女性タレントたちに関係を強要したらしい。被害者は名乗り出ているだけで五名。中には、数ヶ月前まで彼の番組に出演していた女優もいた。

……また、こんなニュース。

わたしは不愉快になってテレビを消して、まだ少し残っている麺とほうれん草を生ゴミにした。こういうときは掃除に限る。鍋や食器を一気に洗い、作業台を消毒した勢いでコンロの五徳まで磨いた。それから窓を拭き、玄関とリビングに掃除機をかけ、玄関の掃き掃除を無心でこなした。一度も手を休めることなく、最後にトイレのドアを開く。

ワイパーで棚の埃を落としていると、ふと「あの日もトイレ掃除をしたな」と思った。あの日……眞子が会いに来てくれたのはいつだったたっけ。二ヶ月、いや三ヶ月前？　雨が降っていたのは覚えている。

……眞子と会うことは、何週間も前から彼に伝えてあった。当日、日課の家事を早めに終わらせ、玄関で靴を履いているときに、トイレ掃除をしろと言われた。「帰ってからやる」と一応言ってはみたけれど、聞き入れてもらえるはずもなかった。ついでにトイレットペーパーの買い出しまで命じられ、それこそ帰りに買ってくるのにと思ったけど、反抗したところで彼が機嫌を悪くするだけなので、「わかった」と返事して、財布を持って部屋を出た。

エレベーターを降りて走った。わたしたちの住むマンションの向かいのビルの一階はコンビニで、その隣にはスーパーが入っている。でもトイレットペーパーは、駅前のドラッグストアで買う決まり。駅までは徒歩十五分。走れば十分？　帰りはトイレットペーパーを抱えて走った。薄いワンピースの裾が足にまとわりついて不快だった。

家に帰った時点で、待ち合わせ時間は過ぎていた。わかっていたことだけれど、トイレの収納庫の中は、すでにトイレットペーパーのストックでパンパンだった。胃のあたりがぎゅっと苦しくなる。今買ってきたトイレットペーパーは、未開封のままクローゼットの隅にしまった。

トイレ掃除が終わったと告げると、朝からパソコンの前を動かなかった彼がのそりと立ち上がった。ひと通りトイレを点検し、汚れが残っていないか確認する。その緩慢な動作に泣きたくなる。ようやく許可をもらえたわたしは手を洗い、はやる気持ちを抑えて玄関に向かう。

「眞子と、ちょっとだけお茶してきます」

返事はない。鍵をかけ、わたしは再びエレベーターを降り、エントランスを出て、やっぱり走った。

眞子は窓際の席でタブレットを操作していた。背筋が伸びた美しい座り姿だった。肩までの髪をひとつに束ね、ほんのりピンクに色づいたパールのピアスをつけている。袖のふくらんだ真っ白なシャツと、凝った柄のタイトスカート。足元はシルバーのバレエシューズ。シンプルながら上品で、ちょっと尖ったそのスタイルは、眞子の内面をよく表している。

……わたしは？

部屋着みたいなワンピースに、数年前に買ったカーディガン。ワンピースはＧＵだけど、カーディガンは彼と付き合う前に買ったものだから、そんなに安物でもないはずだ。でもろくに手入れもせずに着倒しているのでボロボロだ。

カフェのガラス戸に映るわたしの左の頬は青紫色に腫れていた。コンシーラーを塗ってくれば良かったと思う。今からでも家に戻って……だけどそうしたら、ここにはもう来られないかもしれない。ドラッグストアに飛び込んで安い化粧品を買う手もあるけど、今のわたしに自由に使えるお金はなかった。わたしは覚悟を決め、何食わぬ顔でカフェのドアを開いた。

眞子は遅刻を責めなかったし、痣を見ても何も言わなかった。その態度が逆に不安で、わたしは一人で喋り続けた。眞子の冷静な目に晒されると、わたしは庇わずにいられない。……誰を？彼とわたし自身を、だ。

毎日殴られているわけじゃない。たまに機嫌が悪いだけ。その「たまに」の日だって、暴力と呼ぶのも大袈裟なくらいだ。責任のある仕事でストレスを溜めがちな彼の、苛立ちや弱音を受け止めることは、わたしの役目だし望みでもある。

……彼と付き合い始めたこの数年で、一生の付き合いになると確信していた女友達をわたしは一気に失っていた。ダメ男に振り回されていた頃はあんなにやさしかった女友達は、理想の彼氏を作った途端に手のひらを返した。みんなわたしを被害者にしたくて必死だった。馬鹿らしい。嫉妬に正義のラベルをつけて投げつけてくる女たちを、彼もわたしも軽蔑している。女って本当に面倒だし、嫉妬深くて嫌になる。彼だってそう言っていた。わたしもそう思う。……そう思う。

彼はわたしの女友達はほとんど全員嫌いだけれど、眞子だけは例外だった。学歴や職業も申し分なく、物腰が柔らかく落ち着いていて、何より彼の前では余計なことを言わないからだ。だから眞子とは友達でいられた。那美や澄香、果林との縁が切れた今、眞子だけがたまに連絡をくれていた。

インスタを見ると、眞子は澄香たちとはたまに会っているみたいだった。子供が二歳になった果林、最近結婚した那美、独身で海外を飛び回る澄香。立場が変われば女の友情は簡単に壊れるはず——彼だってそう言っていた——なのに、未だにベタベタつるんでいるらしい。笑顔の裏で相手を値踏みし、さりげなくマウントをとる『女子会』は……あれ？　わたし、そんな複雑なことしてたかな。普通に笑って、誰かに良いことがあれば喜んで、逆に悲しいことがあったら一緒に怒ったり泣いたりしてなかったっけ。わたしが元彼にフラれたとき、澄香は一緒に泣いてくれたような？　果林が遠距離恋愛を乗り越えて結婚したとき、わたし、本当に嬉しかったような？　いや、でも、違う。あんなくだらない仲良しごっこ、わたしは本当は求めてなかった。彼もそう言っていたし、わたしだってそう思ってた。ずっと前からそうだった。

あの日カフェで向かい合った眞子は、しばらく黙って話を聞いてくれていた。けれど、数十分後に何の脈絡もなく「別れて」と口にした彼女は、それからわたしが何を言っても同じ言葉を繰り返すばかりだった。わたしが言葉を返せなくなると、ぎゅっと目を閉じてうつむいた。十数秒間の沈黙の後、眞子はお金を置いてカフェを出て行った。追いかけないと終わるとわかった。嫌だ。でも、あの腕を掴んで何を言えば？　眞子の望む言葉は絶対に言えない。どうしてわたしだけ、恋人と女友達の一方しか選べないんだろう。わたしは膝の上に置いた手を見つめることしかできなかった。

あれから眞子にＬＩＮＥを送っても既読にならない。わたしのスマートフォンに、企業の公式アカウントからしかメッセージが届かなくなって久しい。インスタももう見られなくなった。眞子の笑顔を目にしてしまったら、気持ちが乱れるのはわかっていた。

……眞子だけは違うと思ってたのに、あの子も他の子と変わらなかった。「しょーもな」と声に出してみる。両手で頬を叩き、気持ちを入れ替え、トイレットペーパーに洗剤をつけて便器を上から磨いていく。……本当に嫌だな、女って。手洗いボウルの水アカを落とす。自分より幸せな同性が許せない生き物でさ。特に汚れの見当たらない便座を丁寧に拭く。……そうそう、あのワイドショーだって。被害者気取りの女優たち。仕事欲しさに寝たくせに、後から被害者気取りでどうかしている。便座の裏を拭き上げる。……どうせ気が変わったか、飽きられたかでしょ。使い捨てのブラシをセットし、便器の中まで綺麗にする。……女ってすぐ被害者ぶるし、同性を被害者にしたがる。眞子だって……。洗浄剤のどギツい青に染まった便器の中に、水滴が落ちてささやかすぎる波紋が広がる。……眞子だって、眞子は、眞子だけは……。一度流してしまうと涙は止まらず、わたしは便座にもたれてしゃくりあげるほど泣いた。

バカ、バカ、本当に全員大嫌い。彼のことを何にも知らないくせに、極悪人みたいに言う澄香が。どうにかしてわたしを被害者にしたがる果林が。善人ぶって救い出そうとした那美が。……将来も誓えないくせに、わたしのことを一番大切に思っているみたいな顔をする眞子が。

どうしてわかってくれないんだろう。

眞子や澄香のように一人でも生きていけるほど、わたしは強くない。三十歳になり、キャリアも手放してしまったわたしに退路はない。どうしても彼と家族になりたい。家族になれないその他の人たち、すべてを失ったとしても。

この焦燥感や、つらい気持ちを聞いてくれる人はもういない。辛気臭いのが何より嫌いな彼が二時間後には帰ってくる。それまでにわたしは涙を止めて、「おかげさまで何ひとつ悩みなどございません」という顔をして、彼を手料理でねぎらわなくてはならない。あと十五分だけ泣いたらスーパー行こう。マスクをすればコンシーラーも必要ない。鶏肉が安いといいなと思う。彼は唐揚げが好きだから……もう本当に、本当に、わたしには彼しかいないのだし。

大学卒業直前、当時の彼氏に七股をかけられ捨てられたわたしが酔って「眞子と結婚する」とわめいたとき、「じゃあカナダまで行って結婚するか」と笑った眞子の顔が、そのときふいに頭をよぎった。胸が引き裂かれるように痛んだけれど、眞子だってしょせん女なわけだから、これは仕方のないことで、わたしには彼がいて幸せなんだから、全然、まったく、1㎜たりとも、気にすることなどないのだった。幸せだなぁ。働かなくてもラーメン食べられるし、トイレットペーパーは死ぬほどあるしね。

全自動お茶汲みマシーンマミコと恋人

マミコには現在恋人はいないが、マミコのことを恋人だと思っている男は四人いる。年齢は二十四歳から四十六歳、職業はベンチャー企業の経営者、ジムインストラクター、公務員、営業マン。先日後輩を見捨ててマッチングアプリのデートに向かった甲斐あって、ここに近々二十九歳商社マンが加わる予定だ。

金曜日、久しぶりに高熱が出た。週末の予定はすべてキャンセルである。男たちは優しく、誰一人ドタキャンを責めはしなかった。体調を心配する声や看病の申し出が続々届くスマートフォンを放り投げ、マミコはベッドに横になる。

マミコは男が途切れない。そこそこの容姿とコミュニケーション能力があるし、適度なバカのフリができる。できるというか、してしまう。そういう愚かさがマミコの武器であり、同時に致命的な欠点で、それを自覚していることが唯一の救い、とも言えた。

恋愛関係なんて、たまたまお腹が空いていて、看板が目に入って、予算の都合がついたレストランみたいなものだとマミコは思う。今のマミコは誰にでも好かれるファミレスに近い。嫌われる要素を排除したクリーンな店内、何を食べても不味くない代わりに大して美味くもないメニュー。無難なメイク、決して不快にさせない代わりに発展性のない会話。自ら望んでそうなった。

いや、そうなる以外になかったのか。朦朧とする意識の中で寝返りを打つと、ジェミールフランのメルティバター　バームの華やかな香りがして、大きく息を吸い込んだ［※1］。

付き合いが深まるにつれ、男たちはそれが礼儀だとでも言うように、マミコの内面を褒めだした。でも、マミコのやさしさはほとんど常識とイコールだし、気遣いは全自動お茶汲みマシーンの標準装備だ。マミコがちょっとしたことに喜び、適度に照れてみせる様に対して、意外とピュアだねそこが好き、なんて頭を撫でられたときは失笑ものだった。四股かけるような女をピュアと呼ぶのなら文句はないけれど。……本当にお前らは、恋愛経験の少ないこと、つまり自分を誰かと比べることのできない女を純粋とか汚れがないとか、しょうもないこと言って持ち上げるよな。男を知らないことを『汚れがない』とか言うのなら、お前らは汚れってことでいい？　マミコがそんな詮無きことを考えていたとき、スマートフォンの着信音が鳴る。ディスプレイには男の名前。鳴り止むのを待ってから電源を切る。

マミコは不誠実だ。でも、マミコのことをやさしいと言った男も、ピュアだと微笑みかけた男もそれぞれ誠実ではない。そこそこ可愛い顔と若い肉体を持つ女だからこそ、その付属品に価値があることを隠している。まるで『女の子』ではなくマミコ個人が特別だとでも言うようだ。

そんなハリボテの言葉を信じるほど、マミコは夢見がちではない。だから、可愛い以外の褒め言葉はマミコにとって意味がない。マミコは可愛いを失うわけにはいかなかった。若さに期限がある事実には見てみぬふりを続けている。自分で『女の子』にしがみついておきながら、まだそのステージで踊り続けなければならない苛立ちと、いつかステージから蹴り出される日への恐怖と、いっそそうなれば楽になるのかという仄暗い希望が混ざって胸を圧迫する。

男たちはそれぞれ、まさか自分が四人の中の一人だなんて思ってもいないだろう。罪悪感はあるといえばあるし、ないといえばない。大切にできないカードを増やしても、満たされないのはわかっている。いったい何がしたいんだろう。一人で生きていく自信がないわりに、マミコは婚活に積極的ではなかった。婚活関連のドラマを見れば尻に火がつくかと思ったが、今のところ他人事にしか感じていない。

熱っぽい体を起こして、マミコはビフェスタの炭酸泡洗顔で顔を洗って[※2]、内側から保湿される感のあるアスタリフトのアドバンスドローションで手入れした[※3]。クリームを厚めに塗った後、シルクキャップをかぶって再び布団に潜り込む[※4]。

深夜十二時、お腹が空いて目が覚めた。思えば昼から何も食べてない。冷蔵庫の中は空である。一人暮らしは気が楽だが、こういうときには少し寂しい。コンビニに行こうかと思案しているうちに呼び鈴が鳴った。

――ピンポーン、マミちゃん、おかゆ買ってきたよ。

全自動お茶汲みマシーン @cosme_mmk

[※1]ぱさついた髪をしっとりまとめるジェミールフランの洗い流さないトリートメント。手のひらで温めて使うタイプで、ハンドクリームとしても使える。香りも最高。

全自動お茶汲みマシーン @cosme_mmk

[※2]ビフェスタの炭酸泡洗顔は、きめ細かい泡がポイント。マミコは夜に厚めにクリームを塗って寝るので、朝用にディープクリアを愛用中。

全自動お茶汲みマシーン @cosme_mmk

[※3]肌にハリを与えてくれるアスタリフトのアドバンスドローション。ドラッグストアでも購入できるしレフィルがあるのも好きな点だ。

全自動お茶汲みマシーン
@cosme_mmk

シルクキャップ

[※4]某タレントさんを真似て就寝時にシルクキャップを被ってみたが、これが思いの外良かった。髪がまとまるし、手触りが違う。

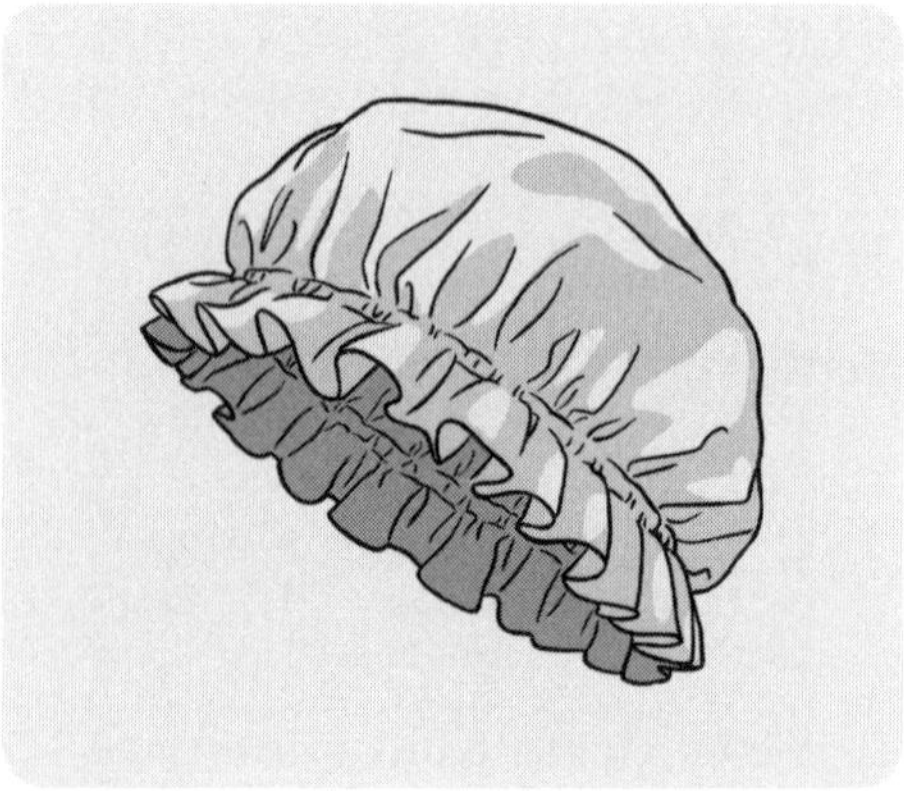

口裂け女に「ブス！」と叫べば

内田源平《うちだげんぺい》の趣味は、終わっていることに、道ゆく知らない女に向かって「ブス！」と叫ぶことだった。あと混み合う駅で大人しそうな女を狙ってぶつかりに行ったり、エレベーターで女と二人きりになれば不必要に距離をつめ、怯える様を楽しんだりもした。少しでも相手が警戒する素振りを見せれば、「警戒してんじゃねぇよ！　ブスが！」と罵るなどし、日頃の鬱憤を晴らしていた。嘘みたいに人間性が最悪であった。

仕事終わり、特に理由はないけどむしゃくしゃすんな〜と思った彼は、今日も適当な女に罵声を浴びせることにした。駅前のコンビニで缶チューハイを購入し、店の前で一気に飲み干す。空き缶はゴミ箱ではなく、あえて道端に投げ捨てた。そして自転車に乗り（※道路交通法違反）今夜のターゲットを探しに夜道に繰り出した。ぶつかり活動なら混雑しているほど良いが、声かけならば人通りのない夜道がベストだ。一人で歩いている女にちょっとした恐怖を与えるのは、彼にとって教育の意味合いもあった。女が偉そうに道を歩くなど生意気であり、それをわからせてやる……そんな意味不明の持論を持って、彼は自らの行為を正当化していた。

大人しそうな女なら、ターゲットは誰でも良い。それなのに、今日に限って適当な女が見つからなかった。内田は意地になり、駅から少し離れた住宅街を自転車でぐるぐる回った。「これじゃ不審者みたいだな」と内田は思うが、みたいと言うか、不審者である。

その女を見かけたのは、街灯の少ない細い道だった。長い黒髪でグレーのマスクをつけ、ベージュの薄いコートを着ている。連れがいないのを確信し（以前、一人と思っていた女の横に彼氏がいて面食らった経験がある。彼氏がヤンキーで怖かった）内田はのろのろと女に近づく。真横まで来たところで、顔を見ながら「ブス！」と叫んだ。蛇足だが、内田は後ろ姿でターゲットを選んだ。相手の美醜は関係ないのだ。罵倒の言葉は「バカ！」でも「デブ！」でもなく「ブス！」に決めている。それが女の価値を全否定し、反論不可能な魔法の言葉であると、内田は信じて疑わなかった。たとえ相手が今をときめく美人女優でも、同じ言葉を投げつける——それが内田の流儀であった。

今夜のターゲットである黒髪女は、突然の罵声に目を見開いた。大きくはないが、女に反応があったので内田は満足だった。内田はペダルを回して加速する。この言い逃げの瞬間の快感を、内田は愛していた。

「私、キレイ？」

え？　と思った。その声は真横から聞こえた。暗い住宅街を自転車で駆ける内田の真横から。声の方向に目をやると女と目が合った。先程の黒髪女が自転車と並走している。内田の心臓は飛び跳ね、危うく電柱にぶつかるところだった。は？　内田は頭の中が真っ白になった。それでもなんとか視線を前に戻し、ペダルを漕ぎ続けた。内田がどんなにペースを上げても、女はついてきた。おかしい。男が全力で漕ぐ自転車にぴったりと並走し、息ひとつ乱さない女がいるだろうか。しかも顔は完全に横、つまり内田のほうを向いている。内田が右に回れば女も右に、左に曲がれば女も左に。奇妙なデッドヒートが続いた。

女は口裂け女であった。一応説明しておくと、口裂け女は都市伝説とか妖怪の一種で、口が耳まで裂けた化け物である。その口元をマスクで隠し、「私、キレイ？」と子供に問う。子供が「キレイ」と答えれば、「これでも？」とマスクを外して裂けた口を見せ、逃げる子供を追いかけて殺す。その速度は１００m六秒とも言われ、スタミナも無尽蔵である。口裂け女の噂には様々なバリエーションがある。べっこう飴をやれば大人しく帰るとか、「ポマード」と三回唱えれば逃げていくとか。けれど口裂け女は別にべっこう飴など好きではないし、スイーツなら弁才天のフルーツ大福のほうが良かった。ポマードの匂いはたしかに苦手ではあったものの、単語を聞いて逃げ出すというのはいくらなんでも大袈裟である。ていうか、ポマードってまだ売ってる？

この頃、新型コロナウイルスの流行によって街中の人がマスクをつけていた。おかげで口裂け女もカジュアルに外出できるようになり、テイクアウトや一人映画、買い物などを楽しんでいた。内田が声をかけたのは、映画『プロミシング・ヤング・ウーマン』鑑賞後の口裂け女であった。

一方、内田は見知らぬ女に危害を加える異常者でありながら、相手が異常者であることを全く想定していなかった。突然の罵声に驚き、場合によっては傷つくが、特に被害届も出さずに泣き寝入りする……そういう女を選んだはずだった。それなのにナニコレ？　黒髪のくせに（？）！　いつの間にか内田は泣いていた。普段は避けている警官に会いたい。交番のほうへ自転車を走らせているつもりなのに、いつまでたっても見えてこない。ていうか誰もいない。なんか同じ場所をぐるぐる回っている気がする。すべて正解である。内田に声をかけられた瞬間、口裂け女は領域展開。内田にとって異世界と言える空間に引きずりこんだ。必中必殺。どこまでいっても二人きり。

内田は死に物狂いで自転車をこぐ。一方の口裂け女は時速20㎞で走りつつ、考え事をする余裕があった。

……久しぶりだな、この感じ。

口裂け女が最後に人間に「私、キレイ？」と問うたのは約二年前。コロナが流行りだし、みんながマスクを求めて右往左往している頃だった。声をかけたのは小学生の兄妹だった。兄は十歳、妹は七歳くらいだろうか。少しサイズの大きいマスクで、顔の下半分が隠れている。涼しげな目元がよく似ていた。

かつては「私、キレイ？」と声をかけようものなら、子供の顔はたちまち恐怖に引き攣ったものだ。けれど最近の子供は口裂け女の噂を知らない。幼い兄妹もきょとんとしていた。二人は顔を見合わせる。口を開いたのは兄だった。

「どうだろう。わかりません」

……わからないってことはないだろう。口裂け女は目元にはめちゃくちゃ自信がある。特にこの日はまつげのカールや眉毛の形も完璧だった。

「どんな人だって美しいって、ママが言ってた！」

妹は無邪気に胸を張る。あっそ‼　素晴らしい教育ですこと‼　ルッキズムに支配された口裂け女は舌打ちを堪えた。こいつら問答無用で殺ってやろうかな……と思い始めた口裂け女はマスクに手をかけたが、「あ！　マスクは外さないでください」と未知の疫病を憂う兄により制された。

「あなたが美しいかどうかは、僕たちが決めることではないです。でもそうですね、あえて言うなら……服や髪型にはこだわりが感じられますし、僕は素敵だと思いますよ」

「わたしも！　キラちゃんみたいなキレイな目！」

「……キラちゃん？」

「うちの猫です。可愛いですよ」

兄がスマートフォンで写真を見せてくれた。でっぷりと太った三毛猫だった。妹に抱かれ、警戒心なくその身を委ねるキラちゃんの瞳は美しい金色だった。口裂け女は兄妹を殺さずに去った。


口裂け女が疾走しながら「あの兄妹、元気かな」などと考えている間に、内田の体力が尽きた。自転車は転げるようにして停止した。地面に尻をつく内田の心臓ははち切れそうであったが、口裂け女は息ひとつ乱していなかった。


「私、キレイ?」

「はぁ、……っクソ、何なんだよ……」

「私、キレイ?」

「いや、その……ブスではない。うん」

「私、キレイ?」

「あ、あぁ。わかった。悪かった。キレイだよ、これでいいだろ⁉」

「これでも?」

口裂け女がマスクを外すと、内田の口から悲鳴が上がった。そうそう、コレコレ！　口裂け女の本能が昂《たかぶ》る。愛用のＬＯＥＷＥのトートバッグから鎌を取り出し、内田を五秒でぶっ殺した。

余談だが、口裂け女は人間を食わない。食ったとしても内田の肉はごめんであった。

久しぶりの殺しは、口裂け女に運動後のような気持ちよさと達成感を与えた。血の滴る鎌を持ったまま、「やっぱたまには殺んなきゃだめだよね～！」とばかりに全身で伸びをする彼女は、さながらジム帰りのOLであった。

これまで口裂け女のターゲットは子供であったが、考えてみれば、人間離れした運動能力を誇る口裂け女が弱者を狙う理由はなかった。最近の子は忙しいし、「私、キレイ？」なんて声かけの時点で不審者だ。これからの標的は、今日の男みたいな成人にしよう……口裂け女はそう思った。道ゆく女に因縁をつけるような人間ならばどうせ暇だし、不審者VS不審者ならば対等だ。向こうも妖怪みたいなものなのだし。

この日から口裂け女は、標的を犯罪者・および迷惑人間に定めた。主に新宿付近でしつこいナンパ、ぶつかり、暴言、ひったくりなどの犯人を追いかけている。十人殺ったら、ご褒美にコスメを買ってもいいことにしている。RMKのリクイドアイズ、フィット感がバツグンな上に濡れたようなしっとりまぶたが手軽に作れておすすめです。

全自動お茶汲みマシーンマミコと無敵の主人公

カラン。アイスティーの氷が溶けて涼しげな音をたてる。恵比寿のカフェでマミコは人を待っていた。

十分もしないうちに、大柄な女性が息を切らせてやってきた。彼女はしきりに遅刻を詫びて、色褪せて固そうなタオルハンカチで汗を拭った。マミコはマキアージュのドラマティックエッセンスルージュを塗った唇の端を吊り上げてメニューを手渡す［※1］。全然待ってないよ、お姉ちゃん。

ムラカミフミカ。旧姓・ノガミ。マミコの実姉で、現在二人の子持ちの主婦だ。子育てとパートに追われる日々の中、たまにマミコの顔を見に来る。

ボーダーのスカートに厚手のタイツ、紺色のパーカー。全体的に野暮ったい。彼女の目の下に滲んだアイラインを見て、マミコの頭にＲＭＫのメイク直し用コットンスティックが浮かんだが、ポーチを差し出すことはなかった［※2］。

メニュー見ても全然わからないや。マミちゃんと同じやつにする。姉の言葉に微笑んで、マミコは店員を呼び止めた。こういう場で素直にわからないと言えてしまうのが彼女の長所のひとつであり、そういうところがマミコは大嫌いだった。

七歳年上のフミカは、少年漫画の主人公のような人だ。困っている人がいれば手を差し伸べ、いじめがあれば見過ごさない。他人のために火の粉を被り、決して見返りを求めない。魂が高潔だと評したのは、高校時代の担任だったか。

当然フミカの人望は篤い。マミコは彼女のウエディングドレス姿を思い出した。学生結婚で式を諦めたフミカとその夫のために、友人たちがサプライズでウエディングパーティを開いたのだ。ウェルカムボードからドレスまで、あらゆるものが手作りの、愛に溢れたパーティだった。

マミコのほうが容姿も良ければ要領も良い。昔から、どんなに妹だけが褒められていても決して機嫌を損ねないどころか、自慢の妹だと胸を張るフミカのことを、マミコは内心不気味に感じていた。けれど、あの場で思い知らされた。フミカの価値は容姿でも成績でも肩書きでもない。フミカはフミカであるだけで愛される。周りにも、フミカ自身にも。

ねぇ、と声をかけられてマミコは顔を上げた。マミちゃん、また綺麗になったね。彼でもできた？

——男ならいるよ、五人。一人は既婚者。なんて言ったらどんな反応をするのか気になるが、マミコは静かに首を横に振った。

その後もフミカはマミコの東京暮らしや仕事——と言っても全自動お茶汲みマシーンだが、『東京のＯＬ』というだけで輝いて見えるものらしい——に対して羨ましい、と繰り返した。わたしなんて、中途半端な田舎のパート主婦だよ。最近白髪も増えてきちゃったと笑って。

羨ましいという言葉に嫌みやお世辞のニュアンスはないが、本心でもない。彼女は文句を言いながらも、自分自身やその日常を肯定している。愛している。仮に本当に立場を取り替えられるとしても、今の生活を選ぶだろう。羨ましいのはこっちだよと言うと、フミカはそんなわけないじゃんと苦笑した。マミコは言葉を続ける。だって、

お姉ちゃんの周りの人はメリットもデメリットもなくただお姉ちゃんのことが好きでフミカじゃなきゃフミカのためならって慕ってくれてるじゃんお姉ちゃんは四十歳でも八十歳でも価値は変わらないよむしろ増していくんじゃないかなでもわたしはそれなりに若くて可愛いからってつなぎとめられているものが多すぎるんだよ若さや可愛さが今この瞬間も刻々と削られていく怖さをお姉ちゃんは知らないよねわたし何にもできないんだよどう考えても男に頼らないと生きてけないのに男のこと好きになれなくて全員バカに見えてしまうよリョウくんもサトルもシンちゃんもテツくんもいやテツくんはとっくに切れてるけどとにかくみんなわたしじゃなくてもいいんだもんあぁ失ってくものばっかだよなんで羨ましいなんて言えるんだよ全部持ってるのはお姉ちゃ

んでしょわたしだって自信があったら容姿や若さなんか固執しないよ大嫌い何その口紅の色全然まったく似合ってないでもそんなことであんたの価値は揺らがないんだよね知ってるほんとにほんとにむなしい。

——などと思っているのをおくびにも出さず、可愛い子供と素敵な旦那さんがいるじゃん♡と口にしたマミコは笑顔の裏で、なぜ姉妹でこうも差がついたのかを考えていた。ねぇケーキ食べない？　とメニューを指差すフミカの爪には淡い桃色が乗っていて、色付けているのはおそらくマミコが誕生日に贈ったＳＵＱＱＵのネイル　カラー　ポリッシュだろう［※3］。03番桃添色はナチュラルなピンクで手元をさりげなく美しく見せている。忙しいのに、普段は絶対塗らないのに、子供を寝かしつけてから、マミコに会うのを楽しみにして慣れない手つきでマニキュアを塗る姉の姿を想像するとなぜか目の奥が熱を持ったが、気付かなかったことにしてマミコはうなずいた。そうね、わたしメロンのタルトにする。

全自動お茶汲みマシーン @cosme_mmk

[※1]リップクリームみたいに塗れるのに、色持ちも艶も申し分ないマキアージュのドラマティックエッセンスルージュ。透け感があり上品な色味も◎

全自動お茶汲みマシーン @cosme_mmk

[※2]RMKのコットンスティックはドライ面とウェット面が使い分けられるので、メイク直しに重宝する。一本ずつ持ち歩けるのもポイントが高い。

全自動お茶汲みマシーン
@cosme_mmk

SUQQU

ネイル カラー ポリッシュ 03-桃添色

[※3]美しい名前がテンションを上げるSUQQUのネイルポリッシュ。見た目も可愛く、乾きも速くて重宝する。

母を養わない罪滅ぼしに、ＧＵＣＣＩの財布を買いました

十月の初旬、わたしは帝国ホテルのレストランにいた。一人約二万円のランチコース。同伴者は田舎から出てきた母親だった。今日のために美容院に行ったらしい母の髪は不自然なくらいに真っ黒だ。ライトベージュのワンピース、パールのイヤリング、小ぶりで光沢のある黒いバッグ。母を飾る物のほとんどは、ここ数年でわたしが贈ったものだった。このランチの代金も、払うのは当然わたしである。料理をペロリと完食した母が、食後のコーヒーを飲みながら満足そうに店内を見回す。

「こんな素敵なお店に来られるようになるなんて、やっぱり大学に行って良かったよね」

母はうっとりと目を細める。わたしからは「そうだね」としか返せないし、言ってしまえば「お母さんのおかげだよ」と続けるはめになる。だから曖昧な笑みで誤魔化した。コーヒーと一緒に出されたデザートは、美しいけれど食べる気にならない。ちらりと時計を見る。まだ十四時前だった。これからデパートで買い物をして、お茶をして……。数時間の労力と出費を考えると頭が痛かった。

わたしの生まれた家には、祖父を頂点としてはっきりとした序列があった。

祖父は「女が学をつけるとロクなことにならない」を微塵の疑いなく信じていた。その思想を受け継いだ父の娘であるわたしが、どんな扱いを受けたかは想像に難くないだろう。四つ年上の兄とはあらゆる面で差をつけられた。食事も風呂も兄優先。勉強嫌いで怠惰な兄は塾や習い事をサボっていたが、わたしは高校受験の前でも塾に通わせてもらえなかった。それでも、家から通える範囲で一番の公立進学校に合格したのは意地と努力の賜物だった。

高校の入学式には母が出席してくれた。朝から無言だった母が、校門の手前で立ち止まる。袖を引かれて振り返ると、母はわたしの目を見ずに「お兄ちゃんより偏差値が高いからって調子に乗らないでね」と言った。新しい制服を着て、期待に膨らんでいた胸がしぼんでいく感じがした。母に期待するのをやめた日の思い出である。

高校生活は楽しかった。でも受験に関して学力以外の悩みを持たず、屈託なく家族の話題を口にする同級生たちを妬ましく思う気持ちが、いつも胸の奥底に沈んでいた。勇気を振り絞って、父に進学がしたいと伝えたのは高二の夏だ。クラスメイトが見ていたら、「どうしてわざわざそんなことを？」と首を傾げたかもしれない。でも我が家では、わたしの……娘の進学は決して当たり前ではなかった。受験準備が本格化する前に、進学の許可をとっておく必要があったのだ。

兄が帰省していたので、お盆の頃だったと思う。比較的父の機嫌が良い日の夕食の席のことだった。父はわたしの嘆願を鼻で笑って箸を置いた。我が家ではこれはある種の合図で、父が箸を置けば他の家族もそれにならう。母はうつむき、兄はまた始まったと迷惑顔で、祖母は父の横顔をじっと見つめていた。祖父だけが我関せずの顔で小鉢をつついていた。

大きなため息をつく父の目には楽しげな光が宿っていた。虫や動物を弄ぶ子供のような顔。父はたまにこの顔をする。たいていは、母やわたしの希望を打ち砕くときに。


父は大学になんか行く必要はない、どうしてもと言うなら地元の短大か、看護学校なら許してやると言った。わたしは懸命に説得を試みたが無駄に終わった。誰も味方してくれず、その場でボロボロ泣いてしまった。食事を残したまま席を立ち、わたしは自分の部屋に閉じこもった。すべてがどうでも良かった。進学できないなら、高校にも行く意味がないと思った。何も食べず、ただ壁や天井を見つめるだけの三日が過ぎた。

四日目の朝、母が一人で部屋に来た。カーテンの隙間から光が差し、鳥の鳴き声が聞こえる穏やかな朝だった。香ばしく焼けたトーストとバターの香り。ローテーブルに朝食の載ったトレーを置いて、母は毛布の上からわたしの肩に触れた。

「大学、行ってもいいって」

思わず半身を起こして母を見る。母は少し気まずそうに微笑んでいた。同じ家に住んでいるのに、母と久しぶりに向き合った。ひとつに束ねた髪は白髪交じりで、ベッドに置いた手はささくれだらけで乾燥していた。目元には深い皺。母は当時まだ四十五歳だったはずだが、十歳は老けて見えていた。父の出した条件は、国立大学に現役で合格すること、仕送りは家賃のみで生活費は自分で稼ぐこと、夏と冬の長期休みには必ず帰省する、どんな理由でも留年はＮＧ……と細かく多岐にわたった。けれど、数日前の態度を思えば驚くほどの譲歩だった。

「卒業後は帰って公務員になるって言っておいた。話を合わせておいて」

その言葉で、この一件が単なる父の心変わりではなく、母の説得の成果だと知った。驚いた。母がわたしのために父に進言してくれるとも、交渉のできる人だとも思っていなかった。

「……だから、安心してがんばって」

母が部屋から出て行った後、わたしは声を上げてわんわん泣いた。

予備校代までは出してもらえなかったので、自宅で猛勉強した。その甲斐あって関東の国立大学に合格した。高校の卒業式を終え実家を出る日、母に地元の駅まで送ってもらった。駅までのドライブは無言だった。母にお礼を言いたかったけど、きっかけがつかめないまま時間は過ぎて、目的地についてしまった。ガラガラの駐車場。灰色の空。わたしたちの乗ったやたら鮮やかなブルーの軽自動車だけが、世界から取り残されたみたいだった。

「……あのね、お母さん」

「お父さんの言う通り、夏には必ず帰ってきなさい」

わたしの言葉を遮るように、母はハンドルを握ったまま言った。

「年末も……。それから連絡は、いつでもつくようにしておいて」

母の目はまっすぐフロントガラスを見つめている。わたしを見ない横顔は、紙みたいに白くて触れれば切れそうだ。

「そうやって、四年間はお父さんの機嫌をとりなさい。その後は……あなたの好きにすればいいから」

「お母さん」

「こっちに帰ってこなくていい。好きに楽しく生きていって」

「お母さ……」

「今までごめんね」

母はうつむき、ハンドルに額をつけ、絞り出すようにそう言った。消え入りそうな声だった。

わたしは堪えきれなくて、母の背中をさすりながら泣いてしまった。毛玉だらけのグレーのセーター。そのセーターの上からでも、背中が骨張っているのがわかった。「ありがとう」を言いたかったのに、口から出るのは「ごめん」ばかり。何に対して謝っているのか、自分でもよくわからなかった。でも大人になった今ならわかる。罪悪感の正体は、あの家に母を残していく後ろめたさだった。別れ際、母から渡された封筒には、くたびれたお札が入っていた。あらゆるものを奪われた母が、必死で作った十万円だった。

チャンスを無駄にしたくなかったから、大学では真面目に勉強に励んだ。毎年きちんと帰省して父の機嫌をとるのも忘れなかった。そうして学費を吸い上げて、就職は当然東京で決めた。父は激怒したが、目の前にいない人は存在しないのと同じだ。卒業と同時に引っ越して携帯も変えた。

……こうして実家とは縁を切ったわけだが、母にだけは、家族のいない時間を見計らってたまに電話をかけていた。自分で稼いだお金を使って親孝行がしたい相手は、わたしには一人しかいない。東京で母と会えたのは就職二年目の春だった。東京駅のホームで不安げにたたずむ母を見たとき、また泣きそうになってしまった。東京までたったの二時間半。母がこの約100㎞を移動するのにどれだけ勇気が必要だったか、わたしはよくわかっていた。

母と銀座を歩くのは不思議な感じで、同時に誇らしくもあった。イタリアンの3000円のランチを食べ、三越に行った。母の誕生日が近かったので、何か買ってあげたかったのだ。色々試してみたけれど、母は結局5000円くらいのスカーフを選んだ。母が何度も「いいの?」「大丈夫?」と聞くので、「これくらい平気だよ」と胸を張った。食事代、プレゼント、母の往復の交通費。当時のわたしは給料も安く、奨学金の返済もあったので、あまり生活に余裕はなかった。

それでも母を喜ばせたかった。

それから毎年、一年に一度か二度の頻度で母が遊びに来てくれた。わたしは自分にできる精一杯のもてなしをした。もっといいものを食べさせたい。もっと素敵なものを贈りたい。あの家では決して見せない、母の明るい顔が嬉しかった。

……風向きが変わったのは、両親と兄夫婦が同居を始めてからだった。立て続けに祖父母が亡くなったのがきっかけだったらしい。十五年ぶりに実家に戻った兄は、母が言うには「すごくやさしくなった」そうだ。昔は父と祖父以外には横柄な態度で接していたのに、今は母に何かと気を遣ってくれると。信じられないことに、母を甘やかすなと言った父に、兄は毅然と反論までして見せたという。かつてのパワーバランスは崩れ、兄が頂点に立ったのだ。兄の下に両親——おそらく父より母が上——、そして一番下に兄の奥さん。

……今回、東京に遊びにきた母の指には、大きなダイヤの指輪があった。兄が還暦祝いにと贈ったそうだ。その大げさな輝きに、わたしは兄の対抗心を見た。母とわたしが会っていることは、かつては絶対の秘密だった。母は一日の自由のために必死で口実をつくり、わたしからのプレゼントは箪笥の奥に隠していたと言う。けれど今、母が年に何度も東京に行く理由を兄たちも知っているんだろう。母の日も誕生日もずっと無視してきた兄が、一発逆転で買ったダイヤはいくらするんだろうか。

「……本当に、あの子はお父さんにそっくり」

ダイヤを光にかざしつつ、母の表情は白けていた。兄の中で、母に冷たくあたった過去はなかったことになっている。あるいはすべて父のせいになっているのか。父の母への態度を非難しながら、自分も妻に対しては同じ振る舞いをしているのだから滑稽だ。

帝国ホテルでのランチの後、わたしは母を連れて三越に入った。靴やバッグ売り場を見てまわる。母が気に入ったのは七万円のＧＵＣＣＩの財布だった。目を輝かせる母の横顔を見れば、娘に選択肢はない。ちなみにわたしの財布はずっと前に買ったＣＯＡＣＨで、角の皮が黒ずんでいる。

「お兄ちゃんがね、老後は安心してねって言うの。ちゃんと介護もするから任せてって。……どうせ自分じゃ何もしないくせにね」

買い物を終えた母が、一杯１１００円のコーヒーを飲みながら鼻で笑う。思い出の中の母は決してしない表情だった。昔はどんなことでも「お母さんが悪いの」「お父さんは、お兄ちゃんは悪くないの」と言っていた母は、不思議なことに、兄が優しくなり父の立場が弱まってから、二人の悪口を言うようになった。かつての自分と同じ境遇である兄の奥さんを特に気にかけている様子はない。部活で理不尽なルールに苦しめられた中学生が、後輩にも同じルールを課すのに似ている。

ほんの数年前、小さな伊勢丹の包みをいつまでも膝に載せていた母は、ＧＵＣＣＩの紙袋をソファに無造作に放り出している。鮮やかな口紅を引いた母は、昔よりずっと若く見えた。

「でも実際、いつまで元気でいられるかわからないから……悔いのないように生きなきゃね」

母の上目遣い。……あぁ、来る。覚悟していたはずなのに、胃がキュッとして胸が詰まる。

「こんな素敵なところで暮らせたら、どんなにいいだろうな……」

夢見るみたいな母の言葉は、願望であり要望だった。母はわたしの「一緒に暮らそう」を期待して、そう言わせるだけの恩義が自分にあると知っている。……進学に関しては心の底から感謝している。今の仕事に就けたのも、そのつながりでパートナーと出会えたのも、大学に行けたからとも言える。

……でも、それってそんなに特別なこと？　わたしより『偏差値の低い』兄は予備校に通い、奨学金も受けずに私立大学を留年までして卒業したのに？　周りの同級生は未だに実家で暮らしていたり、両親に物を買ってもらっていたりする。それなのに、予備校にさえ行かせてもらえず、自分で奨学金を借りて返したわたしだけ、永遠に母に感謝して何でもしてあげなくちゃならないのか。

大学を出てから、わたしは母を安心させたくて、けっこう見栄を張ってしまった。だから実際より裕福に見えているのかもしれない。けれど、母を養えるかと言われると……いや、養えはするんだろうし、わたしより少ない収入で、家族を養っている人は大勢いる。それはわかっているけれど、なんだかすごく重たく感じる。老いた母の願いを叶えてやりたいと思うのが人情だとしたら、わたしには人の心がない。結局わたしも兄と同じで、手軽な親孝行で自己満足に浸りたいだけなのだ。

……こんなときに頭をよぎる、『お兄ちゃんより偏差値が高いからって調子に乗らないで』。冷めたご飯。ぬるい風呂。兄にいじめられたと泣いて縋ったときのため息。『お母さんに言わないでよ』。

美しい朝や旅立ちの日の思い出で封じたはずの記憶が、今になって頭の中で蠢《うごめ》く。お母さん、わたしたちの関係が良くなったのは、大人になってからだよね。それまでのあなたは……いや……今はそんなことどうでも良くて……でもどうでも良くない気もしていて……。

「……東京、遊ぶのはいいけど住むとこじゃないよ。またいつでも遊びに来てよ」

わたしは鈍感なフリをして逃げた。目が合った母の目には嘘を見抜いた上で、わたしを責める色が滲んでいる気がする。被害妄想かもしれないが。わたしは愛想笑いを浮かべながら、母の背後の柱時計で時刻を確認した。金の縁取りのある文字盤の針は、午後六時を指そうとしている。「そろそろ行こうか」と声をかけ、わたしは伝票に手を伸ばした。

母を駅まで送った後、どっと疲れてその場にしゃがみ込みたくなった。どうにか体を引きずってドトールに入る。４４０円のアイスコーヒーが染みる。今日の出費はかるく十万を超えているが、何か飲まずにはいられない。ひと息つくと、母の願いを無視する自分が極悪人みたいで涙が出た。帰路の新幹線の中で、母は何を思っているんだろう。母のことを大好きか、いっそ嫌いになりたかった。中途半端に家族を諦められないわたしは、これからもきっと、母を東京に呼んでしまうのだ。

母が「こんな素敵なところ」と言った東京。中野駅から徒歩十分のわたしの部屋は、家賃十三万でもびっくりするくらい狭い。それでもわたしは、母とは暮らせない１ＬＤＫを愛していた。学生時代から家具を一新し、ナチュラルモダンに統一したインテリア。その洒落たデスクの引き出しの奥に、茶色の封筒に入ったくしゃくしゃの十万円が残っている。

全自動お茶汲みマシーンマミコと伝統（笑）

マミコの会社に新しく事務員が入った。新入社員のスミちゃんはマミコよりひとつ年下である。

マミコの会社には昭和の残り汁につけたボロ雑巾みたいなクソルーティンがあり、一番年下の事務員が毎日こなすことを義務付け……いや、『期待』されていた。マミコの次に入った後輩は震えながらクソルーティンを拒否したため、入社以来、マミコがその役割を押し付けられていたのだが、ついにバトンを渡せる日が来たようだ。

スミちゃんが入社して一週間。マミコはクソルーティンの存在を伝えた。スミちゃんはげぇ、という顔をしたが、次の日一時間前に出社してマミコとクソルーティンをこなした。内容は茶葉やコーヒーの補充やゴミ捨て、軽い掃除やお茶出しなどなので、難しいことは何もない。じゃあ明日からよろしくね、とマミコは当たり前みたいな笑顔をつくった。若い女子社員だけが毎朝一時間も無償の奉仕をさせられていることに一切の疑問を持たない様子で、あっさりと。お茶汲みマシーンはタスクに疑問を抱いたりしない。

翌日、マミコはいつも通りの時間に目覚めたが、後一時間も寝られるという幸福感の中で二度寝した。結果いつもより急いで支度する羽目になり、ラ ロッシュ ポゼのUVイデア XL プロテクショントーンアップ ローズを使った［※1］。トーンアップと顔色補正効果のある日焼け止めは、時間のない朝にもってこいだ。上から、CANMAKEのクリームハイライターを使い、クリームチークを頬にのせてしっとりと幸福感のある顔を作った［※2］。

　定時十五分前に出社したマミコは、きちんとゴミ出しされているのを見てほっと息をつく。ただ、ななめ後ろの経理のデスクが散らかっているのが目についた。彼はデスクに空のペットボトルなどを放置して帰るので、マミコは毎朝明らかなゴミはゴミ箱に捨て、書類の類は軽く揃えてやっていた。なぜか？　前任にそう言われたからだ。マミコももちろんスミちゃんに伝えた。やらなかったのは彼女の判断か、あるいは単純に忘れていたのか。いずれにせよ、もうマミコの気にすることではない。

　ちょっと、コーヒー。新聞を広げた部長が、いつものように自動でコーヒーが出てこないことに焦《じ》れて言う。あきらかにマミコを見ているが、マミコはさらりとスミちゃんにパスした。スミちゃん、コーヒーだって。役職者の飲み物の好みはリストにして昨日渡してある。でもスミちゃんは立ち上がらなかった。えー部長、自分で淹れてくださいよ。マミコが数年、何度も心で唱えた言葉だった。

　飲みたいなら自分でどうぞ。コーヒーの場所、わかりますよね？　部長は面食らっていたが、スミちゃんが当たり前みたいな笑顔で、一切の疑問を持たない様子であっさり言い放ったので、顔を引き攣らせて席を立った。翌日からも、スミちゃんはゴミ出しと共有部分の掃除はするものの、個人のデスクの上や社員へのお茶出しに関してはノータッチだった。出社も定時三十分前らしい。いや、お客さんにはお茶出しますけど、社員は自分でやったらよくないですか？

まったくもってその通り。……その通り、なんだけど。

昼休み、女子事務員は皆一緒に昼食をとる。少し遅れて合流したマミコは、スミちゃんがいないことに気付いた。聞くと、一人で海外ドラマを見ながら食べると断られたらしい。

すごいよね、と一人が言う。不穏な響き。マミコはこの空気を知っている。次に口を開く者次第では、スミちゃんの悪口大会が始まる。

マミコはスミちゃんが正しいと思う。若い女子社員だからといって、無給の奉仕をさせられるいわれはないし、全員で昼食をとる理由もない。それなのに、その正しさに手放しで拍手をできない自分にうんざりしていた。そう、ずるいと思っている。『ずるい』をそれっぽい言葉で飾って、スミちゃんを非難したい気持ちがあるが、それをしてしまったらますます自分が嫌いになる。CANMAKEのプランプリップケアスクラブを塗り縦ジワをカバーした唇を、開いてたまるかとマミコは思った［※3］。

灰色の空気を上書きしたのは、意外な人の声だった。

ちょっと。あの子、一人でデスクでパンかじってるんだけど、いじめ？　普段は休憩室を使わない部長のご登場である。

冗談のつもりなのだろう。先輩の一人が説明すると、あの子らしいよねと納得顔で笑う。コーヒーも拒否だもんねと、ついでみたいに本音を添えて。

朝は若い子が淹れたコーヒーがいいんだけどな。ため息をつきながら、部長がマミコに視線を送る。全自動お茶汲みマシーンは、こんなときどうすればいいのか知っている。仕方ないなぁ、またわたしがお茶、出しますよ♡、だ。でも、わずかに残る人間の部分がその発言にストップをかけた。言ってしまうのは簡単だ。でも、それでいいんだろうか。お茶くらい、と何度も頭で繰り返す。その後に続く言葉は、汲んでやってもいい、なのか。それとも、自分でやれよ、か。

マミコは意を決して顔を上げた。気配りモードオフ、おバカモードオン。ふふふ。スミちゃんに伝えておきますね♡　あらゆる責任を放棄した、何の意味もない一言である。バカのフリをして笑った唇には、微妙な雰囲気の漂う休憩室でも、朝塗ったＦｕｊｉｋｏ（フジコ）のニュアンスラップティントの可愛い色が残っていた［※４］。

全自動お茶汲みマシーン @cosme_mmk

[※1]すっと伸びてさっと馴染むラ ロッシュ ポゼの優秀な日焼け止め。ローズには顔色補正効果もあり、忙しい日はこれ一本で出かけられる。

全自動お茶汲みマシーン
@cosme_mmk

CANMAKE
クリームチーク

[※2]プチプラの星、CANMAKE。特にチークはお気に入り。使い勝手もよくカラバリも豊富なので、気付けば4種類ほど持っている。

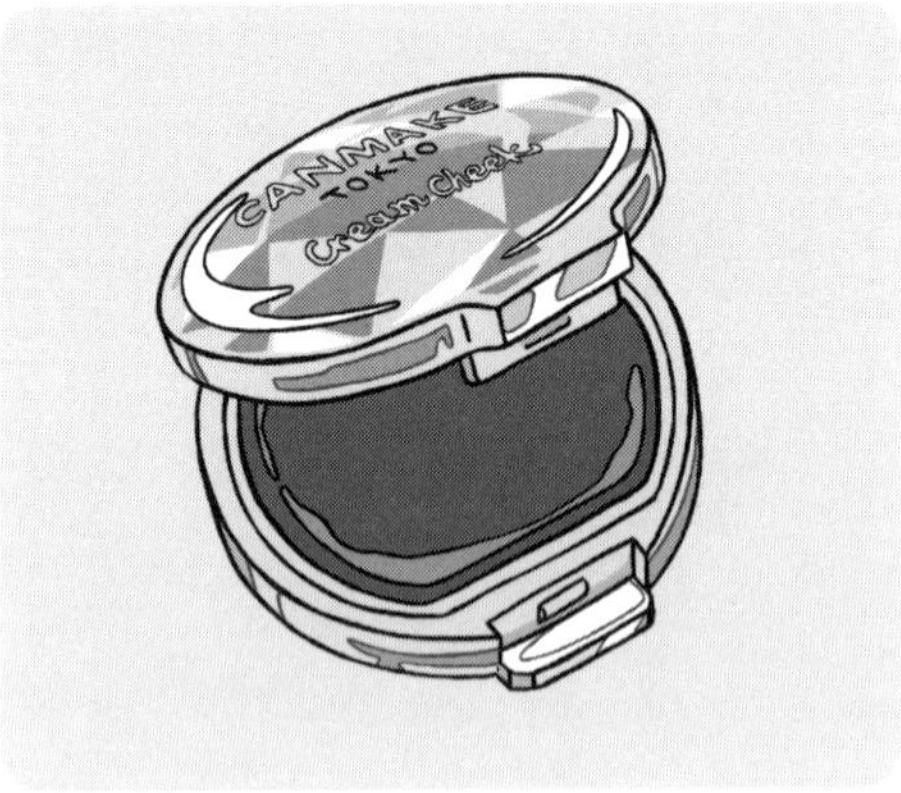

全自動お茶汲みマシーン @cosme_mmk

[※3]洗い流しもいらないCANMAKEのスティック型リップスクラブは手軽に使えて便利。一時はどこに行っても売り切れだった。

全自動お茶汲みマシーン @cosme_mmk

[※4]艶と落ちにくさを兼ね備えたFujiko(フジコ)のティントリップ。メイク直しができない日にも頼りになる逸品。あまりに可愛い色味で2色買いした。

魔法使いが盗んだ十年

「就職できませんでした」
リュックとキャリーバッグを抱えた拓真《たくま》が、うちに転がり込んできたのは十年前の春だった。一年の留年を許した両親も、就活資金と渡した金をパチンコに使われ堪忍袋の緒が切れたらしい。卒業と同時に仕送りは終了。家賃を払えなくなって、路頭に迷った拓真が選んだのは、自分に惚れてるセフレのところ。つまりわたしの家だった。

拓真は大学の同期だった。背が高くスタイルが良いので、どんな格好も様になっていた。目を奪われるような美形じゃないけど、笑うと見える八重歯が可愛い。友人たちと組んだバンドではベースを弾いていた。でも実は、ボーカルよりも歌が上手い。人懐っこいのにつかみどころがなく、相手をその気にさせてはヒラヒラ逃げる。わたしも拓真に心を奪われた女の一人だ。興味がないフリや強がりは当然拓真には見抜かれていて、「梨奈《りな》といると楽。他の女の子みたいに泣いたり怒ったりしないから」なんて予防線を張られた上で、家に呼び出されたり来られたり、結局都合よく使われた。卒業式を終えた引っ越しの日、トラックに荷物を載せ終えたタイミングで、自転車に乗った拓真が現れた。「卒業おめでとう」と言って、近くの花屋で600円で売ってる花束をくれた。

は、晴れて無職となっていた。

「次の家にも遊びに行くね」

拓真はそう言ったけど、連絡がないまま花は枯れ、季節がひと回りした。翌年の春に現れた彼は、晴れて無職となっていた。

仕事が決まるまでという話だったのに、彼はうちの近くでバイトを始めて居座り続けた。駅から徒歩十五分で築三十年。家賃のわりに広い1LDKは、拓真のモノであふれている。

……十年。

わたしが二度転職した間、拓真は八回バイトを辞めた。半分払うと言った家賃も、約束を守ったのは初めの数回だけだった。けれど拓真はいつでも機嫌良く、意外と家事もした。先週の金曜日、うっかり電車に傘を忘れてしまったわたしを、拓真は駅まで迎えに来てくれた。傘は一本だけだった。聞けば一応、家を出る際は二本持っていたらしいのだけど、来る途中、傘も持たずにタクシーを待っている女性を見かけて一本あげてしまったのだという。「なんか泣きそうな顔してたから。急に降り出したわけじゃないのにどうしたんだろうね」……そういうところはすごく拓真らしいと思う。わたしたちは肩を寄せ合って、透明な雫の降る中を歩いて帰った。二人暮らしは悪くなかった。

いい思い出のある一方で、女の気配がしたことは一度や二度じゃない。でもそれを咎められる関係じゃなかったし、責める女になりたくなかった。わたしも何度か彼氏を作った。拓真も気付いていたと思うが、態度はいっさい変わらなかった。馬鹿らしくなって彼氏とは別れた。

「ただいま」

二十三時に帰宅すると、拓真は無防備にソファで寝ていた。テレビを見ながらうたた寝してしまったらしい。シーツが部屋干しされており、朝干した洗濯物は畳んであった。

「……あぁ、おかえり」

気配に目を覚ました拓真は大きく伸びをし、「お茶飲む？」と聞いてきた。「お願いします」と答えると、彼は台所に立った。

「同窓会、楽しかった？」

湯気の昇るカップを前に拓真が尋ねる。同窓会と言っても、ちょっと人数の多い飲み会だ。誘いは拓真にも届いたはずだが、彼は返事をしなかった。居酒屋で撮った写真を見せると、拓真は「みんな老けたな」と苦笑した。わたしは紅茶の香りを吸い込みながら口を開いた。

「……拓真は変わらないね」

「そんなことないでしょ」

拓真はそう言うが、口元の笑みを隠しきれていない。バイト先で年下の同僚に囲まれる彼は、言葉遣いも格好も若い。伸びてきた髪の右側だけが肩のあたりではねていた。

「変わらないよ」

本当に、拓真は変わらない。あらゆる責任から逃げて、将来から目を逸らし、若い子とキャッキャとはしゃいでは、ちょっと面倒なことがあると人間関係をリセットする。十年間、仕事や子育てに打ち込んできたみんなとはもう同じステージに立っていない。わたしは目の前の彼をじっと見つめた。

太ってはいない。けれど偏食で、スキンケアも運動も面倒くさがる拓真が、努力もなしに若さを保てるはずはなかった。あの頃「どんな食べても太らない」が自慢だった拓真の胴回りには、確実に肉がついている。輪郭のラインがぼやけ、ピカピカだった肌には毛穴が目立ち、うっすらシミができている。少しずつ白いものが交じり、それを隠そうと風呂場で染めた髪は傷んでいた。バイト仲間からは「とても三十代には見えない」と言われるそうだが、流石にちょっと無理がある。拓真と話していると、たまに「昨日まで大学生だったのかな」と思う。中身は二十三歳のまま、悪い魔法にかけられて、見た目だけ歳を取らされたような。重さもストーリーもない老いが、彼の体に張り付いている。

「来月末に引っ越しなんだ」

突然の知らせに、拓真は「え？」と首を傾げた。拓真が何かを問う前に、わたしは続けた。

「明日段ボールが届く。家具とか家電はギリギリまで使えるようにしとくし、テレビと冷蔵庫は使うならあげる。わたしは明日からウィークリーマンションで寝るよ。拓真はこのままこの部屋に住む？」

「え、何？」

混乱したと言うよりは、ドン引きするような声色だった。拓真の強張った顔を見ていると、なぜか心が安らいだ。


「引っ越すって……何、どこに？」

「さぁ」

「急すぎる」

「急じゃない。ずっと考えてたことだし、次のマンションも契約してある」

「……俺は？」

「好きにして。ここに住むなら大家さんと話つけてあげる」

「そうじゃなくて」

「次の家には連れて行かない」

拓真の顔から笑みが消え、部屋は重たい沈黙で満ちた。秒針の音。住み始めた頃に買った壁掛け時計は、今日まで健気に使命をまっとうしている。

「……俺、一人じゃ家賃払えないよ」

今まで折半していたような言い草だった。この期に及んで笑えるが、なんとも拓真らしくもある。拓真の左手はカップを離れ、テーブルの上で固く握られている。


何かしたなら謝るとか、今度からちゃんと家賃を半分払うとか。拓真の並べた沢山の言葉は、わたしの鼓膜を素通りした。最初こそ愛想笑いを浮かべ、機嫌をとるように下手に出ていた拓真の顔が、じわじわ焦燥と苛立ちに染められてゆく。あぁきっと、わたしはこの光景を見たかったんだ。自分の性根の悪さに呆れる。


「わかったよ」

「そう、じゃあ」

明日から拓真も新しい家を探してね……と言おうとしたとき、彼が言葉を被せてきた。

「結婚しよう」

「え?」

唐突すぎて言葉も出ない。拓真はこれで満足だろうとばかりに腕を組み、こちらの様子をうかがっている。わたしは唖然とした。いや、嘘でしょ。この男、ずっと愛されている気でいたのか。

……本当に、この人は昨日まで大学生だったのでは? わたしは少し怖くなった。この女は大学時代から変わらず自分が大好きで、自分から離れていくことはない。煮えきらない態度に拗ねて別れを切り出してきたが、こちらが『結婚』のカードを出せば、泣いて喜び手のひらを返すはず……拓真はそう信じてるってこと？　だとしたら、この人はある意味誰より一途だ。そしてわかっていたことではあるが、わたしは死ぬほどナメられていた。

「無理でしょ」

同居したての頃は、たしかに少ない給料の中から、無理して拓真の小遣いを捻出していた。けれどキャリアを積んだ今のわたしにとって、拓真に毎月わたす小遣いは大した負担ではなかった。不思議なことに、金銭的に苦しいときのほうが拓真に対して愛情……いや、執着かな……とにかくそういう感情があったように思う。狂おしい恋の季節が過ぎ、収入に余裕ができ始めると、拓真は何となく継続しているサブスクみたいな存在になった。海外ドラマ見たさに契約し、今はほとんど見てないＮｅｔｆｌｉｘ。友達の勧めで登録したままのＡｐｐｌｅ Ｍｕｓｉｃ。かつて大好きだったから家に住まわせて、それなりに家事もしてくれるから、追い出すきっかけもなかった拓真。

「なんで……」

拓真は困惑し、少し涙目になっていた。まるで裏切られたかのよう。でもわたしたちは、今も昔も相手を裏切れるような関係ではない。セックスフレンドからセックスを抜いてもフレンドにはなれないのは、世界三大不思議のひとつ。最後に彼とセックスしたのがいつか思い出せないし、もちろん今更したくもなかった。

「俺、別れないから」

別れるも何も付き合ってない。苦し紛れの自覚はあるはずだ。生活のために好きでもない女に縋る拓真は憐れであり、初めて見せた必死さに胸を打たれたような気もした。けれどわたしは、憐れな男も必死な男も好みじゃない。

最後にセックスした日は覚えてないけど、最後に拓真を思って泣いた夜はよく覚えている。同居四年目。一緒に餃子を作ると約束していた日だった。当時拓真はバイト先の女子大生と深い仲で、深夜の「ごめん、帰れなくなった」との連絡ひとつで翌日の昼まで帰ってこなかった。冷蔵庫の大量のひき肉や餃子の皮を、どう処理したのか思い出せない。……あのとき、餃子を作れていたら、もしかしたら友達になれてたのかな。

「別れないから……」

拓真の声は震えていた。十年前、彼からの連絡を寝ずに待っていた女はたくさんいるのに、その女たちのうち誰一人、今は拓真を思い出しはしないだろう。拓真を甘やかし、時間を盗んだのはわたしかもしれない。

紅茶は冷めきっていた。拓真を直視できないわたしは、窓の方向に目を逸らす。気付いたら雨が降っていた。明日まで止まないかな……などと考えていると、窓辺に置いた一輪挿しにひまわりが飾られているのに気が付いた。それを見て、急に大学時代の記憶が蘇る。家に来た拓真が花瓶を指差し、「花が好きなの？」と聞いてきた。好きだと答えた。拓真はふーんとだけ言ったたしか。

……そういえば、彼と暮らした十年間、この家に花が絶えたことはなかった。それに気付くと泣きたくなったが、もう拓真の前で泣く体力も、プロポーズを受け入れる気力も、わたしには残っていなかった。ねぇ拓真、十年も一緒に暮らしたのに、わたしたち家族にも恋人にも、友達にもなれなかったね。

全自動お茶汲みマシーンマミコと他人の夫

あ、と言われてげ、と思った。

ここはアウトレットモール内のカフェ。一人で休憩していたマミコの隣の席にやってきた夫婦。声を出したのは夫のほうで、今それを悔いているであろう彼は、マミコの会社の営業部長・セリザワさんだった。

仕方なくマミコは立ち上がり、明るい声を意識して言う。セリザワさんじゃないですか。今日はご夫婦でデートですか？　そして奥さんのほうに向き直り、会釈。はじめまして、ノガミです。いつもセリザワさんにはお世話になっています。ちなみにマミコとセリザワさんはここ数年、定期的にセックスをする仲だが、もちろんそのことは口にしなかった。

セリザワさんの奥さんは色の白い、優しそうな女性だった。長い黒髪をひとつに束ね、ゆったりとしたワンピースを着ている。左手に銀の結婚指輪。斜めがけのＣＯＡＣＨのバッグ……に、ついているマタニティーマーク。マミコの視線に気が付いて、奥さんはお腹に手をあてて微笑む。この歳でちょっと恥ずかしいけど、三人目なの。

わぁ、おめでとうございます！

日ごろ全自動お茶汲みマシーンとして生きている甲斐あって、マミコはスムーズに祝福の言葉を返すことができた。ところでセリザワさんからは、妻とは長い間不仲でセックスレスだと聞いていたのだが、その設定はどこにいったのだろう？　関係が冷めきった中では不妊治療も考えづらいし、やっぱりセックス無しで受胎したのか？　奇跡を見たなとマミコは思った。

マミコの隣には奥さんが座った。間近で見ると、わりとお腹が目立っている。触ってみてもいいですか、なんて言葉が自分から出たのは意外だった。彼女の快諾を受けて、マミコはそっと手を伸ばす。あぁ、これが。

席をとってから注文しにいくシステムの店にもかかわらず、セリザワさんにその場を離れる気はないようだった。キングダムの束感カールマスカラで仕上げたマミコのまつげに見とれている……わけもなく［※1］、不倫相手の仕掛けた茶番を固唾を呑んで見守っている。貼り付けた薄い笑顔の奥から、今すぐこの場を去ってほしいという思いがビシバシ伝わってくる。言葉がなくてもわかるわダーリン、これってテレパシーかしら？

十分ほど世間話をし、満足したマミコは席を立った。待ち合わせしているので、これで。それから奥さんににっこり笑って、お体大事にしてくださいと続けた。それは紛れもない本心だった。

待ち合わせは嘘ではなかった。マミコをアウトレットまで連れてきた男がキャンプ用品を見たいと言うので、しばらく別行動をしていたのだ。結局何も買わなかったらしい彼は、マミコを見るなりそっちはいい買い物できたみたいだね、と言った。あれ、ちがうの？　幸せそうな顔してたから。

――そう、マミコは幸福だった。

幸福感の半分くらいはＳＨＩＳＥＩＤＯのエッセンス スキングロウ ファンデーションで作ったツヤツヤの肌と〔※2〕、ＣＡＮＭＡＫＥのクリームチークで染めた桃色の頬によって演出されているのは確かだが、実際、高揚と全能感に似たきらめく何かに、そのときマミコは包まれていた。

全自動お茶汲みマシーン兼、全自動既婚者性欲処理マシーンだったマミコ。与えられたタスクをただ淡々とこなすだけの、いつでも取り替えのきく、無力なマシーンだったマミコ。そのマミコが今手にしているのは、ひとつの家庭をグチャグチャに壊せる銃だった。

あんなに幸せな家族が、わたしの一言で。

何でもスマートにこなすセリザワさんが、わたしの顔色をうかがって。ひとたび引き金を引けば、もちろんマミコもただでは済まない。だから、撃つことはない。……たぶん。

でもこの銃はお守りだ。

その気になれば、彼らの人生の舞台に乗り込める。何とかマシーンや、その他の女Ａではなく、ノガミマミコという名前を持って。その可能性がマミコを酔わせた。

ねぇセリザワさん。わたしが死ぬときは一緒に来てね。でもあなたが死ぬときは一人で死んで。ロクシタンのハンドクリームを塗った桜のいい香りがする手で別の男の手を握りながら、マミコは機嫌よく歩きだす［※3］。

今日は泊まらず家に帰ろう。奥さんが目を離した隙に、セリザワさんがどんな言い訳を送ってくるのか、楽しみでもう待ちきれなかった。

全自動お茶汲みマシーン
@cosme_mmk

キングダム
束感カールマスカラ

[※1]束感がきれいなコーム系マスカラ。油分多めのスキンケアでも滲んだり汚く落ちないのも推しポイント。

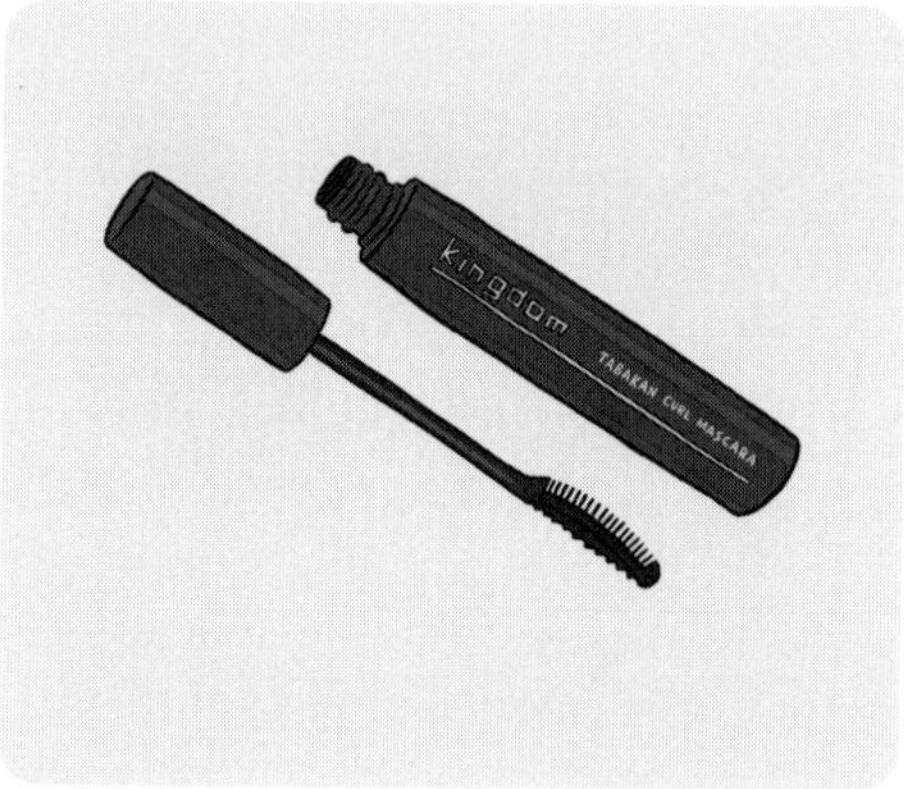

全自動お茶汲みマシーン @cosme_mmk

[※2]話題のSHISEIDOファンデ美容液。肌の質感を上げてきれいに見せてくれるという印象。ナチュラルなのに幸福感のある艶肌が作れる。

全自動お茶汲みマシーン @cosme_mmk

[※3]プレゼントでもらったロクシタンのチェリーブロッサムのハンドクリームは、女の子の香りがする。会社用、自宅用、持ち歩き用で常備している。

件名：先日の別れ話について

２０２０年11月18日　10時15分
件名：先日の別れ話について
宛先：今泉　衛
差出人：水野　澄香

今泉《いまいずみ》さん
お疲れ様です、恋人の水野《みずの》澄香《すみか》です。

先週金曜、今泉さんからの唐突な『別れよう』というＬＩＮＥに対し、何度か問い合わせをしておりますが、ご回答をいただけませんので社内メールにてご連絡差し上げました。

仮にも三年間も交際した恋人に別れを告げる際、手段としてＬＩＮＥを選ぶのは、大人としての常識に欠けると存じますがいかがでしょうか。速やかに対面での協議を行いたく、日程の提案をいたします。

また、添付資料には、私と今泉さんが今後も交際関係を継続し、一年以内に結婚すべき理由をまとめておりますのでご確認くださいませ。ご返信の際、ＬＩＮＥをブロックした理由もご教授くださいますと幸いです。

二時間以内にご返信いただけない場合、ＣＣに開発部のグループメールのアドレスを入れて再送いたします。

どうぞよろしくお願いいたします。
(添付ファイル・別れない理由3.ppt)

株式会社白井システム
営業部　水野　澄香

２０２０年11月18日　10時37分
件名：Re: 先日の別れ話について
宛先：水野　澄香
差出人：今泉　衛

水野さん
お疲れ様です。『元』恋人の今泉です。この度はメールでのお問い合わせ、お手を煩わせてしまい大変申し訳ありません。お問い合わせの内容と資料、確認いたしました。

まず、ＬＩＮＥをブロックした理由は以下のふたつです。
①恋愛関係は、一方が継続不可能と判断した時点で終了であること
②当方の意志が固く、協議で覆る可能性が皆無であること

【①恋愛関係は、一方が継続不可能と判断した時点で終了であること】
私と水野さんが交際に同意したのは二〇一七年九月十日ですが、交際開始時も交際中も、お互い明確な結婚の意思を示していない認識です。婚約しておらず、まして婚姻関係にない私と水野さんの間にあったのは口約束のみ。いわば『お互いの』感情のみによる結びつきでした。感情で結ばれた関係は、感情を失えば終了です。今の私に水野さんに対する愛情はなく、それを宣言することで関係は他人に戻ります。『他人』である水野さんからの連絡に返信義務はない、というのが私の見解です。

【②当方の意志が固く、協議で覆る可能性が皆無であること】
一方の意志で交際終了可能であるにもかかわらず、多くのカップルが対面での別れ話を選ぶ理由は、
一、　関係改善の余地がある
二、　今後に遺恨を残さぬため、感情の処理を行なっておく
などが考えられますが、まず一に関しては、私の中で充分に検討した結果、『余地なし』の結

論に至っておりますし、二に関しては無意味です。互いに交際期間中の感謝を伝え合う——そうした趣旨であれば検討いたしますが、今の水野さんの状態では難しいのではないでしょうか。感情的な罵倒の結果、双方気分を害して終わると予想できますので、どうぞこのまま納めてくださいますようお願いいたします。

また、添付いただきました資料『別れない理由3』大変興味深く拝見しました。以下、それぞれの主張に対する所感です。

別れない理由①『誰よりも愛している』

非常に定性的な評価でありますし（せめて『誰よりも』と断言できる根拠がほしいところです）、LINEをブロックした理由①【恋愛関係は、一方が継続不可能と判断した時点で終了であること】で申し上げました通り、一方が拒んだ時点で関係継続は不可能です。もう一方がどんなに深い愛情を持っていたとして、交際を続ける理由にはなり得ません。

別れない理由②『女性が結婚を意識する二十七～三十歳の期間をあなたとの交際に費やした』

「そんなこと言われても」というのが正直なところです。すべての女性が結婚を望む時代ではありませんし、水野さんから明確な結婚の意思表示を受けた記憶はございません。暗黙の了解・社会常識と仰るかもしれませんが、営業トップの水野さんであれば、口頭・書面での意思確認の重要性はご理解いただけるものと信じております。

別れない理由③『あなたの人生に貢献した』

この項目につきましては、見解を述べさせていただきます。

激務のため、水野さんに私の家の家事をしていただいたのは事実です。しかし、それはあくまで水野さんの好意によるもので、私から依頼した経緯はありません。また、あの微妙な料理と家事で、家事代行サービスの価格表を引き合いに出す豪胆さには大変恐れ入りました。ただし、依頼した事実はないとはいえ、家事労働の恩恵を受けたのは事実です。そのため、手切金として概算費用の一部のお支払いを検討いたします。その場合、水野さんとの交際期間に私が支払った食事代なども一部請求させていただきますので、詳しくは添付のＥｘｃｅｌファイルをご覧ください。

(添付ファイル・交際費用.xlsx)

株式会社白井システム
システム開発部
今泉　衛

２０２０年11月18日　14時15分
件名：Re:Re: 先日の別れ話について
宛先：今泉　衛
差出人：水野　澄香

今泉さま
ご返信ありがとうございます。添付ファイル確認いたしました。
食事代、交通費、プレゼント代など多岐にわたる項目の細やかさ。付き合う前のランチ代はもちろんのこと、**食後のガム一枚から、今泉さんのご自宅で私が使った綿棒の数まで**のカウントと計算、まさに出色の出来栄えでした。私の帰宅後、お一人でゴミ箱をひっくり返す今泉さんの姿を想像すると、胸が熱くなる思いです。

交際費用が基本的に今泉さん持ちであったことは否定しません。しかし、交際開始時に「女の子に払わせるなんてできないよ」「喜んでくれたらそれで充分！」と仰ったのは今泉さんであると記憶しております。ＬＩＮＥにも履歴が残っておりました。添付いたしますのでご査収ください（資料Ｐ１）。

今泉さんの支払いの対価は『喜んでくれること』とご自身で定義されていますし、感謝の思いは充分表現できていたと存じますが、いかがでしょうか。

結婚について口頭・書面での意思確認を行わなかった点においては、落ち度を認めざるを得ません。一方で、私自身の結婚願望については度々口にしておりました。

たしかに今泉さんから「掃除をしてくれ」「料理を作ってくれ」と直接のご依頼はありませんでしたが、私の仕事が忙しく、今泉さんの家事・雑用に時間を割けなかった際の「奥さん〜😭これじゃ全然安らげないよ〜」「奥さんに頑張ってもらわなきゃね😉」といった、私を『奥さん』呼ばわりするメッセージもＬＩＮＥの履歴に残っております（資料Ｐ２）。

結婚願望を口にする交際歴三年の彼女に、『奥さん』という結婚・家庭を想像させる呼び名を用いて遠回しに家事を要求しておきながら、「俺と結婚したいなんて言わなかったよね？」が通用するとは思えませんが、その点いかがお考えでしょうか。

また、今泉さんはこの期に及んで対面を拒否しておられますが、同じ会社で働く我々こそ『今後に遺恨を残さぬため、感情の処理を行なっておく』必要があると考えます。**金曜日の午後二十一時、いつもの三軒茶屋の喫茶店**でお待ちしております。感情的な口論を懸念されているようでしたので、あえて人目のある場所を指定いたしました。今泉さんのメールでは私が一方的に感情的になるので付き合っていられない……というニュアンスでしたが、半年前の喧嘩の際に**今泉さんがデスクライトを投げつけて作った床の傷は、未だ私の家に残っております。**引っ越しの際には実費を請求させていただきますので、どうぞよろしくお願いいたします。
（添付ファイル・ＬＩＮＥ履歴.pdf）

株式会社白井システム
営業部　水野　澄香

２０２０年11月18日　20時58分
件名：Re:Re:Re: 先日の別れ話について
宛先：水野　澄香
差出人：今泉　衛

水野さん
お疲れ様です。開発部今泉です。
強引な日程調整ありがとうございます。大変申し訳ないのですが、その日は大切な予定があるため出席いたしかねます。その代わり、水野さんからは以前『別れない理由３』の資料を頂戴しておりますので、こちらからは『**別れる理由１００**』を資料として提出いたします。どうぞよく目を通していただき、ご理解のほどお願いいたします。

最後になりますが、三年間お付き合いした水野さんの幸福を心よりお祈りしております。

（添付ファイル・別れる理由１００.xlsx）

株式会社白井システム
システム開発部
今泉　衛

２０２０年11月18日　22時31分
件名：Re:Re:Re:Re: 先日の別れ話について
宛先：今泉　衛
差出人：水野　澄香

今泉さん
お疲れ様です、営業部水野です。

資料、拝見いたしました。業務中にもかかわらず、迅速な資料の作成には脱帽いたしました。しかし肝心の中身に関しては、残念ながらやっつけ仕事の感が拭えません。

序盤の『食の好みが合わない』『価値観が合わない』はともかくとして、後半は明らかにネタ切れでしたね。Ｎｏ．60くらいからは『新しい彼女より20㎝以上身長がデカい』『新しい彼女のほうが可愛い』と、私と新しい恋人との比較になっておりました。あまりに急な別れ話から、新恋人の線は予想しておりましたが、見事な開き直りには感嘆いたしました。

ただ、おそらく置換ミスかと存じますが、『新しい彼女』となるべき部分が、一箇所『ここたん』になっておりました。

Ｎｏ．76『ここたんのほうが純粋』

上長から今泉さんへの『仕事は早いがミスも多い』との評価、まさにその通りと膝を打ちました。

今泉さんが近頃ご多忙で、たびたび休日出勤していらしたのは事実ですので、女性と出会うなら仕事関係と推察しておりました。加えて、社内のエンジニアである今泉さんは外部との打ち合わせもほとんどありません。従って『新しい彼女』は社内にいると考えるのが自然です。私より身長が20㎝以上低く、五歳以上年下で、可愛くて巨乳で実家が裕福な『ここたん』。今年の新卒で総務部の有川《ありかわ》心美《ここみ》さんですね。

あんなに可愛らしい方であるならば、悔しいですが諦めざるを得ません。きっと今週の金曜日も、有川さんとお約束があるのですね。

大学卒業と同時に商社に勤める彼氏と婚約、我が社にはまさに腰掛けで入社された有川さんは、年内での退職が決まっているそうですね。退職後は婚約者と共に海外で暮らし始めるとか。結婚の準備が整うまでの暇つぶしとしては、平凡な業務はさぞかし退屈だったことでしょう。そこで有川さんは独自に『**社内セックススタンプラリー**』の企画を立案・実行しておられましたね。文字通り、退職までに社内のすべての部署の男性と性行為をするという、前人未到のプロジェクトでした。彼女の溢れるバイタリティで、スタンプラリーは十月半ばにして完成。彼女によれば、今は『ロスタイム』『おかわりの時間』なのだとか。もちろん、可愛くて純粋なここたんの恋人(笑)である今泉さんはすべてご存じのことでしょうが……。

中でもシステム開発部は有川さんのお気に入りでした。今泉さんの上司の田村《たむら》さんをはじめ、同期の山下《やました》さん、後輩の深津《ふかつ》くんや先月転職してきた橘《たちばな》さんも、有川さんと仲良しのようですね。人類皆兄弟。開発部は今後、これまで以上に強い絆で結ばれることと信じております。

最後になりますが、三年間お付き合いした水野さんの幸福を心よりお祈りしております。

勝手に終わらせてんじゃねーよと思わないこともありませんが、こんな私の幸せを祈ってくださり、今は感謝の念で胸がいっぱいです。

三年間、本当にありがとうございました。有川さんとお幸せに。いつか今泉さんが地獄の業火で焼かれることを、心よりお祈り申し上げます。

株式会社白井システム
営業部　水野　澄香

全自動お茶汲みマシーンマミコとマミコをぺしゃんこにする男

驚くべきことに、最近のマミコは一人の男に入れあげている。テツくん。広告代理店に勤めるサラリーマンで、マミコの大学時代の元彼である。

テツくんとは大学三年から、一年半ほど付き合った。マミコが今の会社へ入社を決めるにあたって、彼と結婚する可能性はひとつのポイントだったりしたが、就職してすぐあっさりフラれた。他に好きな人ができました。お前と違って頭が良くて自立した子です。お前とは同じレベルの議論ができないし、一緒にいてストレスだった。別れ話では、だいたいそんなことを言われた。噂で婚約したと聞いたが、現在マミコの前にいる彼の左手に指輪はない。

数ヶ月前、何の前触れもなく連絡がきた。実に数年ぶりだった。食事の日程を決めてから、マミコは全力で美容にコミットした。吟味に吟味を重ねた結果、ファンデはイプサのファウンデイション アルティメイトeにした。多少値は張るがコスパは最高、重ね塗りしても不自然さゼロ、時間が経つと更に馴染んでツヤツヤ。二月の時点で今年のベストコスメが決定した[※1]。目元にはルナソルのアイカラーレーション24番を使い、儚げで可愛らしい赤みがかったまぶたに仕上げた[※2]。リップはセザンヌのリップカラーシールド。ナチュラルな艶感、色持ちの良さ、手頃な値段と手に入りやすさ、かなり使い勝手の良い口紅だ[※3]。

入念な準備の甲斐あって、再会は大成功だった。テツくんは今の彼女といても安らげないんだよな……みたいな戯言《たわごと》を言い、マミコはマミコでテツくんのこと、ずっと忘れられなくて……みたいな寝言をほざいた。そして、やっぱりマミコといると落ち着く……みたいなことを言いながら彼がマミコの手を握り、わたしも……とマミコは涙をうかべてはにかんだ。

こうした茶番を経て、マミコとテツくんは頻繁にデートをするようになった。会うたびに、テツくんはマミコを可愛くなった、成長したと褒めそやした。そうしてデートを重ねるうちに、マミコは彼が連絡してきたわけを悟った。彼は結局、賢い女と付き合える器ではなかったのだ。

テツくんは自分の作った枠から飛び出さない、平面的な女が好きだ。女はテレビの映像みたいなもので、目では見えるがそこにいない。だから議論相手にはなり得ないし、知的な返答も期待しないし、綺麗で心地よくあればいい。

それなのに、賢い彼女は立体だった。枠から飛び出す言動は、最初は新鮮だったに違いない。でもある日、彼は気付いてしまったのだ。そういう奥行きを、自分は女に求めていない。だから籍を入れるのに躊躇して、婚約期間は二年を突破し、元カノにちょっかいかけている。……と、マミコは推測している。

テツくんは、賢い女なんか好きじゃない。たぶん自分でもわかっているけれど、それでも頭のいい子がタイプ、つか俺バカな女とは付き合えない……と、そういうことにしておきたい。そのほうがカッコいいからだ。マミコはそれなりの大学を出ているため、賢い女が好きという設定とギリギリ折り合いがつくようだった。成長した、なんて親か上司みたいな褒め方をするのは、以前マミコをボロクソに言った矛盾を解消しているのだろう。自分は『成長した』マミコの知性に惹かれている。手頃で思い通りになる元カノに安易に戻ったわけではない、と。なるほどなるほど。一人遊びが上手で何よりだ。

女の子はそれでいいんだよ。やっぱり女の子はこうでなきゃ。ね、マミコ？

テツくんは会話の端々で、マミコを枠の中に押し込めてきた。うん♡ うん♡ マミコは素直にぺしゃんこになって、奇妙な幸福を噛み締めた。決めつけられる安心感や、断言される快感は絶対にあるとマミコは思う。テツくんといるときのマミコは、ぺしゃんこのペラペラで楽チンだった。

端的に言えば、マミコはバカにされている。でもマミコは、テツくんのそういうところに、はっきり言ってときめいている。テツくんがマミコを見る目は醜悪であるが、正解だからキモチイイ。……つまるところ、マミコは男の趣味が最悪だったし、テツくんの顔は最高だった。彼は中《なか》島健人《じまけんと》に似ている。

全自動お茶汲みマシーン @cosme_mmk

[※1]イプサのファウンデイション アルティメイトeは、専用ブラシを使うとさらに肌に密着して、仕上がりも綺麗なので超お気に入り。

全自動お茶汲みマシーン
@cosme_mmk

ルナソル

アイカラーレーション 24番

[※2]さすがルナソルといった粉質で、あまりにセンスのある配色。24番は透明感のあるピンクで、可愛らしい健気な目元に演出可能。

全自動お茶汲みマシーン @cosme_mmk

[※3]使いやすくて色づきが絶妙、するする塗れて使いやすいセザンヌのリップカラーシールド。お値段が手頃でドラッグストアで買えるのも嬉しい。

ヨウくんと女と女と女

二年前と同じく、よく晴れた気持ちのいい春の日だった。

日差しは柔らかく、風はさわやかで、まさに結婚式日和。チャペルはステンドグラスが素敵だったし、披露宴会場は天井が高くて開放感がある。見事な庭園を絵画みたいに切り取る窓。テーブルやブーケにあしらわれた黄色いバラ。すべてを目に焼き付けたかった。大事な親友の結婚式だ。

今日の光《ひかり》はとびきりキレイだ。食事制限がつらい、エステの効果がわからないと式の直前までボヤいていたけれど、すべて実を結んでいるように見えた。マーメイドラインのウエディングドレスは、可愛いもの好きの光が選んだにしてはシンプルで、わたしはその選択が愛おしかった。陽向《ひなた》も同じ気持ちのようで、二人で視線を交わして笑いあう。

新郎新婦の意向で、招待客のドレスコードはゆるめ。光の上司だという女性はヘビ柄のパンプスを履いており、男性側にはキレイ目なデニムにジャケット姿の人もいた。そんな中、陽向の装いには隙がない。青いドレスはわたしよりよく似合っていた。12cmのピンヒールのおかげで、今日の彼女の身長は180cmを超えている。フラットシューズを履くわたしより、頭ひとつ分以上高い。友人代表スピーチは陽向の役目だった。名前を呼ばれた彼女が前に出る。マイクの前に立つ陽向の顔は堂々として、緊張はしてなさそうだ。

「光さん、葉太《ようた》さん、並びにご両家の皆様、本日は誠におめでとうございます。こんなに素晴らしい日にお二人を祝福できることを、とても嬉しく思います。わたしは、新婦の中高時代の同級生の香川《かがわ》陽向と申します。おめでたい席ですが、ここからは普段通り、光と呼ぶのをお許しください」

陽向の声は高すぎず、聴く人に安心感を与える。明瞭な発音。清廉な響き。ほんの数十秒で、陽向は会場の心をつかんだ。

「わたしと光、それから明里《あかり》。……あちらの赤いドレスの宮城《みやぎ》明里さんの出会いは、中学校の入学式でした」

陽向に手と目で示されて、みんなの視線がわたしに集まる。わたしはほとんど反射で口角を上げた。ウエディングドレス姿の光と目があう。光はいたずらっぽく微笑んで、小さくわたしに手を振った。

「わたしたちの通う中学では、ほとんどの生徒は近所のA小学校、もしくはB小学校の出身者でした。だから入学当初から、クラスにはなんとなく派閥ができていました。そのふたつの小学校出身でないのは、女子の中ではわたしたち三人だけでした。つまり、わたしたちは居心地の悪い教室の中で、身を寄せ合うようにしてくっついたのです。

そういうわけなので、最初は共通の話題を見つけるのも難しかったです。例えば、わたしと光はアウトドア派だけど明里はインドア。光と明里はアイドルに夢中だったけど、わたしは演歌が好きでした。そしてわたしと明里は推理小説が好きですが、光は漫画しか読まない——そういう風に、何でも2対1になってしまうのです」

父の仕事の都合で引っ越してきたわたし。学年で十人もいないC小学校出身の光。部活のため、学区を越えて入学した陽向。彼女の言う通り、はじめはあぶれものの寄せ集めだった。それが一生の親友になるなんて、あの頃は予想もしていなかった。

「……そんなわたしたちですが、ひとつだけ共通するものがありました。男性の趣味です」

そう、それも奇跡のひとつ。もっとも重要な共通点だ。陽向と新郎の視線がからまる。数秒後、それは穏やかに自然にほどけた。

「新郎の葉太さん……ここでは葉太さんのことも、普段どおり呼ばせていただきます。ヨウくん。ヨウくんも、中学で同じクラスでした。クラスの人気者だった彼のことを、最初に好きだと言ったのは明里だったと思います。

夏が過ぎ、制服が冬服に変わる頃に、明里はヨウくんと連絡先の交換をしました。普段は物静かな明里が、『断られるかと思った！』と飛び跳ねるようにわたしと光に抱きついた翌月、ヨウくんに彼女ができました。光でした」

会場の視線がメインテーブルの新郎新婦に集まる。二人は当時を思い出したのか、顔を見合わせて照れ笑いしていた。

その幸福な光景に、わたしも釣られて頬が緩んだ。あぁでも、あのときわたしは裏切られたみたいに感じて拗ねたんだっけ。大人ぶってみても、まだほんの子供だったのだ。

「……けれど、ここで友情が終わっていたら、今日の式にも来ていませんね。明里が光からヨウくんを奪ったのは、翌年のバレンタインでした」

そう、そうだった。中学最初のバレンタイン。わたしは手作りのクッキーを持ってヨウくんの家を訪れた。「好きなの。友達の彼氏でも」何かの漫画で読んだ台詞をそのまま流用させてもらった。その後の展開も、漫画とほとんど同じだった。

「しばらくの間、光と明里はヨウくんを奪い合っていました。二年生の春にはヨウくんと光が元サヤに戻り、夏には破局し、再び明里がヨウくんの恋人になって、秋には二人ともフラれ、冬にはまたまた光とヨウくんが付き合いだしました。わたしはそれを、誰よりも近くで見ていました」

わたしの右隣に座る友人が「なつかしい！」とつぶやいて、楽しげな視線をこちらに向けた。「あったね、そんなこと」。わたしは彼女に笑顔を返し、思い出を味わうためにまぶたを閉じた。本当に、なつかしい。あの目まぐるしい日々。わたしと光は全力でヨウくんの気を引いた。短距離のタイムを競いあうように。テストの点を競《せ》りあうように。もちろん勝てれば爽快だったし、負ければ悔しかった。でもそれは、「次こそは」とニヤリと笑って立ち上がれるような、心地の良い敗北感だった。

「ヨウくんをとったりとられたりするたび、光と明里は仲を深めたようでした。『ヨウくんとディズニーランド行ったんだ』『いいな、わたしも行きたい。早く別れてよ（笑）』。そんな会話が、とってもうらやましかったです。なのでわたしも、争奪戦に参加することに決めました。最初はそういう理由だったの。ごめんねヨウくん（笑）」

もう一度笑い声が起こる。当のヨウくんは、何を今更とばかりに親指を立てた。

「光はご覧の通りの美人です。当時ももちろん美少女でした。一方明里も何ていうのかな、すごく雰囲気があってモテる子でした。そのどちらでもないわたしは知恵を絞りました。光がヨウくんにとってのカツ丼、明里がラーメンだとしたら、わたしはカレーを目指すんじゃなく、いっそウーロン茶になるべきかなって。この喩《たと》え、ちょっと変ですね。でもなんとなく伝わりますか？」

陽向は眉毛を下げて笑う。完璧にドレスアップした彼女がそうすると、なんとも魅力的な隙が生まれる。照れたように咳払いをひとつ。

「……そういうわけで、わたしは光と明里の争奪戦から程よい距離をとりながら、タイミングをうかがいました。三年生の受験シーズン。ヨウくんが明里と光の間を往復するのに疲れたときを狙って、わたしは一気に攻めました。一と二で悩むヨウくんに、突然差し出す選択肢三。その作戦が功を奏して、卒業式で第二ボタンをゲットしたのはわたしでした。『ぬけがけ！』と唇を尖らせながら、光も明里も楽しそうでした」

思い出す。――中学の卒業式の日は、快晴だったけど風が強かった。担任の先生は、せっかくの桜が散ってしまうと残念そうだった。実際、外は桜色の吹雪みたいだった。その吹雪の中を、ボタンを見せびらかしながら走る陽向。わたしと光はずるい、ちょうだいとはしゃぎながら、彼女の背中を追いかけた。陽向のボタンをわたしが奪い、それを光が取ろうとした。弾みでボタンは宙を舞い、吸い込まれるみたいに側溝に落ちた。道端の穴は、あのホコリさえきらめかせるような晴れた日の、一番身近な暗闇だった。わたしたちはおかしくて、いつまでもケラケラ笑っていた。

「不思議なことですが、そのときはじめて、わたしは二人の本当の友達になれた気がしたのです」

その言葉を聴いた途端、目の奥が熱くなって唇を噛んだ。まだ泣きたくない。でも、あのときの陽向の表情が頭に浮かんできてしまう。誇らしげなキラキラした顔。ピースサイン。光も同じ心境のようで、ハンカチで目頭を押さえていた。

「わたしたち三人とヨウくんは、同じ高校に進学しました。そこでもわたしたちは、楽しくヨウくんを奪いあっていました。ほかの女の子に目移りすることはあっても、ヨウくんは必ずわたしたちの下に戻ってきてくれました。明里、光、明里、光、たまにわたし……という風に彼女をコロコロ変えて、それぞれに『君が一番好き』『可愛い』『ヤラせて』と言いました。そのたびに、お揃いのものが増えていくようで、わたしたちは嬉しかったです」

光のお母さんと目が合った。笑うと光によく似ている。わたしが小さくうなずくと、彼女の瞳から涙が落ちた。しんみりした空気を打ち消すみたいに、陽向は改めて笑顔をつくった。声のトーンとテンポを上げて、滑舌良くスピーチを続ける。

「わたし以外の三人は同じ大学に進みましたが、わたしは別の進路を選びました。これも作戦の一部です。光や明里と真正面から張り合うのは厳しかったので、戦法を変えることにしたのです。題して『センスがいい男が選びそうな女』作戦。ちなみに進学先は美大です。つかめそうでつかめない女を意図的に、必死に演じ続けて数年。ヨウくんにプロポーズされたときは、もう、本当に嬉しかった。これでわたしの最終勝利！　……はい、ここ笑うとこですよ」

陽向の台詞に誘われて、会場内のあちらこちらで笑いが生まれた。白くて清潔な空間に似合う、上品な「ふふ」と「はは」が、人々の間を波打って消える。招待客の大半は二年前と同じ顔ぶれだった。中学や高校時代の友人、担任の先生、ヨウくんの会社の、ちょっと中島健人に似た先輩。

「はい、そんなわけないですよね。皆さんご存じの通りです。わたしの結婚生活はほんの一年足らずでした。わたしとヨウくんが新婚生活を送る間、光は水面下で動いていました。緻密な計画と大胆な行動。すべてが明らかになったとき、わたしは離婚以外の選択肢を失っていたのです。人生最大の衝撃でした。それでこそ光！　わたしの親友」

陽向は手元の原稿を閉じ、会場内を見渡した。

「あぁ、懐かしい。これも皆さんご存じの通り、今日という日を迎える前から、ここはわたしにとって特別な場所です。ヨウくん、わたしたちもここで結婚式をあげましたね。同じ季節。同じドレス。同じ花。友人代表スピーチは明里で、あの日は青いドレスを着てた。お揃いのもの、形のない宝物がこんなに増えました。光、ヨウくん、本当にありがとう」

陽向の声がはじめて震えた。光の目は涙で濡れている。その隣で、ヨウくんが真剣な顔でうなずいていた。

「わたしたちの友情は、これからもずっと続きます。わたしも光を見習って、またヨウくんを奪えるように努力しようと思います。長期戦になりそうだけど、それでも光が与えてくれた、胸が震え、指先が痺れ、脳がふわふわと揺れる感覚を、いつかあなたに返すと誓います。最後に、光、ヨウくん、今日は本当におめでとう。光、明里、大好きだよ。これからもみんなで幸せでいようね」

拍手がわき起こる。メインテーブルの光が立ち上がり、陽向のほうへ歩み寄る。打ち合わせになかったのか、スタッフが慌ててドレスの裾を整えていた。

「ありがとう、陽向」

「こちらこそ、光」

そして二人の顔がわたしを向く。

「おいで、明里」

わたしは二人の下にかけだした。

二人と抱き合うと泣いてしまった。いつのまにかヨウくんも寄ってきて、輪は三人から四人になった。いや、四人から五人になったのか。

わたしのお腹の中には、ヨウくんの赤ちゃんがいる。まだお腹も目立たないし、存在はわたししか知らない。避妊にだけは積極的な彼とどうやって——そこは想像におまかせする。とにかく、わたしはこの切り札を使って、光から彼を奪いとる。そして、わたしもこの会場で式をあげたい。同じ季節、同じドレスと同じ花、二人と同じ新郎と。

光の脳が揺れるのは、そんなに遠い未来の話ではない。そして、わたしもまた奪われるだろう。奪うためには奪われなくてはならないし、奪われるためには奪わなくてはならないのだ。

「ねぇヨウくん、大好きだよ。ありがとう」

わたしたち、あなたを愛してよかった。

全自動お茶汲みマシーンマミコと指輪とセックス、あと殺意

テツくんの言う、今日家行ってもいい？　が今日生理じゃないよね？　の意味を含むと知ったのは、大学三年の頃だった。

家に行ってもいい？　を言葉通りの意味と誤解した当時のマミコは、生理中にもかかわらずテ

ツくんを招いて夕食をふるまい、ＡＹＵＲＡのメディテーションバスｔを入れたいい香りがする風呂を貸し、パジャマを用意するという大失態を犯してしまった［※1］。

並んでテレビを見ている最中に、彼がマミコの肩に手を回す。頬や耳元に唇が触れる。テレビ消そっか、と言う彼に、生理中だと伝えた途端、部屋の温度が下がった気がした。テツくんはマミコに触れていた手を離し、普通そういうの先に言わない？　と無知なマミコに社会常識を教えてくださった。さらに不機嫌になりつつも、別にいいけど、と寛大な許しまで与えてくださったのである。マミコの胸は感動に震え、自然と出た言葉はこうだった。ごめんね。今日は口でもいい？

もちろん、全自動お茶汲みマシーンとして成長をとげた今のマミコなら、そんな初歩的なミスはしない。生理は先週終わっている。マミコは風呂上がりにトーンアップ効果のある乳液を使って肌を整え、まつげはビューラーとＣＡＮＭＡＫＥのクイックラッシュカーラーで固定して［※2］、ニベアのリッチケア＆カラーリップを塗る［※3］。これがマミコの公式すっぴん。テツくんが笑って「別人（笑）」といじれるラインをキープして、万全の態勢でお泊まりに臨んだ。

余談だが、テツくんの中で相手がセックスを断る理由は、生理以外に存在しない。例えば、マミコが疲れているとか気乗りしないとか、そういう可能性は考えたこともないらしい。生理でなければセックスできる。テツくんの国ではそれが法である。

いつも通りにキスをしながら、今日は気分じゃないなと思う。でもテツくんとは単なる添い寝が許される関係じゃないから、これはそう、義務である。テツくんの国で生きるのに必要な税金で、納税としてのセックス。マミコは全自動性欲処理マシーンであえぐ機械。まったく人生はサイコーである。

あぁ、痛い。マミコはぎゅっと目をつむり、小さな悲鳴を飲み込んだ。この痛みを伝えたら、テツくんがどんな顔をするかは想像がつく。だからうめきをあえぎに変える。そういう機能がマミコにはある。加虐と征服の欲を宿して、テツくんの目はギラギラ輝いている。体をよじって体勢を変えた際、マミコの目から涙がこぼれた。あぁ、今すぐ結婚したい。

マミコは選んでほしかった。自由で、頭が良くて、自立していて、仕事ができる彼女より、マミコが良いと言ってほしい。いつ別れるの？　なんてマミコは聞けない。彼の前で服は脱げるのに、言える言葉はとても少ない。

テツくん、の、ことが、好きなのか、は、自分でもよくわからない。故障の二文字が頭をよぎり、ゆさぶられながらマミコは思う。結局わたしは顔と収入の良い男が好きなだけか？　昔フラれたからって執着してる？　いや、もう疲れきっていて、バッテリーが切れそうだから、何かにすがりたいだけなのか？　あんあん。テツくんと結婚して会社をやめれば、全自動お茶汲みマシーンから卒業できる。すぐに全自動家事育児マシーンになるのは目に見えている、けど、そういう未来に目を瞑ってでも、とにかくバージョンアップしたい。え？　それってバージョンアップか？　でもでもでもでも、選ばれた証の指輪があれば、なんか合格のスタンプっていうか、とにかくなんらかの魔法がマミコを変えて、人間に戻れるんじゃないだろうか？　あんあん。アンドロイドは電気羊の夢を見て、全自動お茶汲みマシーンは……。全自動お茶汲みマシーンは、Ｃａｒｔｉｅｒのリングの夢でも見るんでしょうか？　あんあ……あ、終わったんですね。

翌朝、マミコは音を立てないよう気を付けながらベッドを抜け出し、着替え、ナチュラルメイクにエプロン姿で朝食作りに勤しんでいた。だし汁に味噌をときながら、ふとこれが毒だったらと思う。マミコはテツくんに選んでほしいが、選んでくれないなら死んでほしい。

火を止めたマミコはエプロンを脱ぎ、一度鏡をチェックしてから彼を優しく揺り起した。

テツくん、おはよう。ご飯食べよう♡

全自動お茶汲みマシーン
@cosme_mmk

AYURA

メディテーションバスt

[※1]とにかく香りが良くて、肌がすべすべになるAYURAの入浴剤。パッケージも可愛いのでバスルームに飾っておきたい逸品。プレゼントにも喜ばれる。

全自動お茶汲みマシーン　@cosme_mmk

[※2]カールキープと言えばCANMAKEのクイックラッシュカーラー。「伸びるけどカールキープはイマイチ…」というマスカラも、これを下地に使えば解決。

全自動お茶汲みマシーン　@cosme_mmk

[※3]きちんと保湿した上で、唇にほんのり血色感を足してくれるニベアのカラーリップクリーム。やはり唇に血色があると、顔の印象がぐっと変わる。

最初は、いちいち張り合ってこない素直さを好ましく思った。変にアドバイスをしようとせず、人の話を最後まで聴いて、無理に結論を出そうとしないところには思慮深さを感じたし、わたしの考えを尊重してくれるやさしさに惹かれた。でも今は、それらすべてが鬱陶しくて彼氏をたびたび殴っている。

やさしい彼氏を殴っています

前の彼氏と別れたとき、もう恋愛はしないと誓った。元彼は同僚だった。交際三年目、新入社員の女の子に骨抜きにされた彼は、ＬＩＮＥで一方的に別れを告げてきた。わたしは何とか関係を修復しようと、『別れない理由3』なんて資料まで作って送りつけたが、彼の気持ちは変わらなかった。

自宅で彼の残した荷物を処分しながら、わたしは恋愛に向かない性質を改めて自覚した。毎回、恋人に対して素直になれないくせに過度に期待し、別れの際には律儀に傷ついている。もう終わりにしたいと思った。一人で生きていく覚悟さえできれば、心穏やかに仕事に打ち込める。伴侶の代わりに天職といえる仕事に出会えたのだから、もうきっと、それでいいのだ。

……そう思ってマンションまで買ったのに、決意から二年も経たないうちに、うっかり彼氏を作ってしまった。名前を悠斗《ゆうと》くんという。

あの日、久しぶりに定時にオフィスを出たわたしは迷わず髙島屋に向かった。デパートの開いている時間に帰れるなんていつぶりだろう。好きな作家の新刊を手に入れ、コスメフロアのAYURAに寄って入浴剤と化粧水を買った。

久しぶりに湯船に浸かって、お気に入りの紅茶を飲みながら本を読もう。マッサージに行くのもいい。駅前の中国マッサージ店は、今からでも予約がとれるだろうか……うきうきしながら予約サイトにアクセスしたとき、インスタグラムの通知が届いた。内容は友人からのたわいのないDMだったが、フィードに流れてきた写真に目が留まった。更新頻度が低いのでフォローを外さず放置していた、元彼の投稿だった。

「結婚しました!」

元彼に寄り添っていたのは、幸福感でミチミチに膨らんだ桃色の頬をした、すべてが柔らかそうな女だった。……この一年半、元彼のことを思い出したことはほぼなかったのに、指先が冷えて高揚していた気持ちが萎えた。

自宅の最寄り駅に着いたわたしは、マッサージ店に寄る気も失せ、でも家に一人でいたくもなくて、商店街をふらふら歩いた。小さな飲み屋に目が留まる。特に酒好きでもないけれど、きっと人はこういうとき、一人で飲みたくなるんだろう。暖簾《のれん》をくぐったその店で、わたしは悠斗くんと出会った。彼はものすごく聞き上手で、初対面のわたしの愚痴を嫌な顔ひとつせずに聞いてくれた。

悠斗くんは六つも年下で、聞いたことのない大学の経済学部を出ていた。資格と言えるものは簿記三級だけで、小さな会社の経理部で働いている。「給料は安いけど、楽だし早く帰れるから幸せ」と微笑む彼は、今までわたしが付き合ってきたタイプとは真逆だ。ちなみに趣味は料理らしい。スパイスから作るカレーとか、何時間もかけた煮込み料理とかじゃなく、スーパーの安売り食材に工夫を凝らして作る感じの。連絡先を交換し、時折飲みに行くようになってから、惹かれるまで時間はかからなかった。告白はわたしからだった。

交際半年を過ぎた頃、悠斗くんのアパートの取り壊しが決まった。引っ越しを余儀なくされた彼に同棲を持ちかけたのは自然な流れだった。少ない家電や家具を処分し、段ボール三つだけ持って、彼は我が家にやってきた。よろしくお願いします、とはにかむ顔が可愛かった。

綺麗好きの悠斗くんのおかげで、マンションはいつでも清潔な状態を保てるようになった。洗い立てのシーツの心地良さ。洗濯物が溜まらない快適さ。水回りの汚れを見て見ぬふりしなくて済む気持ち良さ。悠斗くんは主夫ではないが、専業主婦の妻を持つ同僚は今までこんなサポートを受けていたのかと思うと嫉妬するほどだ。悠斗くんからは毎月三万だけもらい、その他ローン返済や生活費はわたし持ちだった。彼はせめて月々の返済額の半額を払うと言ったが断った。多少支出は増えたものの、細かな雑事に気を取られない暮らしは快適だった。本当に幸せな日々だった。

きっかけは些細なことだった。クリーニングに出したワンピースの受け取りを頼んでいたことを、彼が忘れていたのである。同棲を始めて半年、交際一年が経とうとしていた頃だった。

「は？　わたし、頼んだよね？」

思うより冷たい声が出てしまい、自分でも「しまった」と思った。悠斗くんが小さく目を見開く。あ、でも、別にワンピースなら他にもあるし……そうフォローを入れようとした瞬間、被せるように彼が口を開いた。

「ご……ごめん……」

クリーニングに出している服は、翌日の部下の結婚式で着るつもりでいた。けれど、クローゼットには、他にも場にふさわしい美しい服がいくつも並んでいる。怒るようなことではないのに、彼の怯えた顔を見た途端、自分でも戸惑うほどの怒りが込み上げてきた。わたしは箸を置き、彼が時間をかけて作ってくれた夕食を残して寝室に向かった。乱暴にドアを閉める音がした。自分がたてた音なのに、他人事みたいに「音がした」と思った。

寝室のドアに背をつけたまま、自分の心臓の音を聞いていた。仕事は変わらず順調だったが、ストレスがないわけではない。当時は上司と相性が悪く、苛立つことも多かった。だからって、こんなのは完全に八つ当たりだ。謝らなくてはならないと思った。今謝ればきっと大丈夫……。そのとき、ドアの向こうから声がした。

「本当にごめん。明日朝イチで取りに行くよ。結婚式は何時から……？」

彼が機嫌をとりに来たことに安心して涙が込み上げる。ううん、ごめんね、大丈夫だよ。このドアを開いて謝れば済むとわかっているのに、先に謝られたことでかえって心が固くなる。結局、その日は口を利かないまま、わたしはベッド、悠斗くんはソファで眠った。

翌朝、言葉通り彼はクリーニング屋へ受け取りに行ってくれたけれど、わたしは当てつけのように別のドレスを着て、結婚式に出かけた。新婦の友人によるスピーチが感動的だったようだけど、まったく記憶に残っていない。悠斗くんの悲しげな顔が頭に浮かんで、わたしは上の空だった。ずっと悠斗くんのことを考えていた。帰ったら彼がいない気がした。二次会を辞退し、涙をこらえて乗ったタクシーの窓からミスタードーナツの看板が見えて、運転手に車を止めてもらった。悠斗くんの好物のフレンチクルーラーを買う。なんの罪滅ぼしにもならないドーナツを、いないかもしれない人のために。非合理な祈り。あるいはおまじないのようだった。

謝りたい。いてほしい。でもいなくても大丈夫。わたしは一人でも平気。だけど、だけど……。ごちゃ混ぜの思いを抱えながら鍵を差し込んで、玄関に彼の靴があるのを見て胸を撫で下ろした。足を締め付けていたヘビ柄のパンプスを脱ぎ捨ててキッチンに向かう。悠斗くんは料理をしていた。夕飯作りと言うよりは、心を落ち着かせるための作業といった感じだった。

「ただいま！」

胸に愛しさが込み上げて、わたしは彼に抱きついた。ミスドの袋が床に落ちる。一瞬こわばった体から、悠斗くんの戸惑いが伝わった。けれど、すぐに温かい腕がわたしの背中に回る。

「ごめんね」

「ううん、わたしこそ」

昨日どうしても言えなかった言葉が、するりと口からこぼれ出た。悠斗くんの体が小さく震えて、泣いているのがわかった。申し訳なくて、切なくて、愛しい。どんな言葉をもらったときより、強く愛されていると感じた。ずっと大事にすると誓った。……それなのに、逆にこの出来事を機に、わたしは悠斗くんに度々あたるようになってしまった。

悠斗くんは気が利くが少々抜けている。悪気のない粗相があるたび、わたしの感情は必要以上に乱れた。店の予約をし忘れたのは、デートを楽しみにしていないからでは？　朝食にしているゼリー飲料を常備しておいてくれないのは、わたしが大事じゃないからでは？　土日に友達と遊びに行くのは、わたしといるのが嫌だからでは？　この頃のわたしは、すべての行動を自分への愛情と紐づけて、少しでも不安になれば乱暴な形で確かめずにはいられなかった。

言葉が乱暴になり、物にあたるようになり、手が出るまではあっという間だった。作ってくれた食事をゴミにし、ときには彼の存在を無視して、気分次第で肩を小突いた。平手で頬を打つことさえあった。悠斗くんは怯えた目をして、ごめんなさいと謝り続けた。その悲痛な声色さえも余計に火に油を注いだ。謝ればいいと思うなよ。

怒りの炎がおさまると、理不尽な仕打ちをひどく悔やんだ。泣きながら謝れば、悠斗くんも泣いて許してくれた。感情を受け止めてもらえる安堵。わたしは許される快楽に酔っていた。

悠斗くんはリマインダーのアプリを使い、用事や買い出しを忘れない工夫を取り入れた。それからは実際、その種の失敗は激減した。そうなると、今度は行動以外の部分が気になってきた。例えば仕事への向上心のなさ。本を読まずアニメばかり見ていること。どんな映画や美術展でも『面白かった』しか感想がないこと。趣味の違いは付き合う前からわかっていたし、人生の中心に仕事を置かない所が好きだったはずなのに、どうして……いや、わかっている。わたしはただ、許されたかったのだ。許されるためには暴力を振るわねばならず、暴力を振るうには理由がいる。

「死滅回游のルールもわかってないんだ?」

夕食中、呆れたようにわたしが言うと悠斗くんの顔がこわばった。死滅回游は漫画『呪術廻戦』に出てくる一種のデスゲームである。悠斗くんの買った単行本をわたしも読み始めたのだが、死滅回游のルールは複雑で、読み流しでは把握が難しい。いくつかの疑問を彼に投げてはみたものの、大した答えは得られなかった。


「普通、好きなものならちゃんと理解したくならない?」

「……ごめん、俺、バカだからさ」

悠斗くんはへらりと笑ったが、目の奥でわたしの機嫌をうかがっていた。さすがにこのくらいのことでは、手が出るほど感情は昂らない。彼の反応に満足したわたしは話題を切り替えて、その後は和やかな会話を楽しんだ。翌朝、わたしは悠斗くんが買い置きして冷やしてくれているゼリー飲料を飲んで出社した。「いってらっしゃい」と見送る顔は、いつも通りに見えていた。


仕事を終え、二十三時頃に自宅に戻った。リビングの電気は消えている。もう寝た? お風呂? とまで考えて、今すぐお風呂に入りたかった気がしてきた。舌打ちをする。

「ただいま。いるの?」

呼びかけながら寝室とお風呂を覗いたが、やはり明かりはついていない。飲みに行くとは聞いていない。ふつふつと怒りがわくのを感じた。LINEで電話をかけたけれど、一向に彼は出なかった。ダイニングテーブルの上にはラップのかかった夕食があった。その上に一枚の付箋。「ごめん」とだけ書かれていた。息を呑む。心臓がぎゅっと縮こまるような感覚があった。

嫌な予感がして、チェストの一番下の引き出しを確認する。貴重品入れにしているポーチの中から、彼の通帳・印鑑・パスポートがなくなっている。もちろん財布やスマートフォンもない。絶望が胸に広がって、わたしは床に崩れた。タイツ越しのフローリングが冷たい。

「今どこ」
「なんで？」
「早く帰ってきて！」
続けざまにＬＩＮＥを送るけど既読にならない。震える指でブラウザを立ち上げ検索すれば、必要な情報はすぐ見つかった。『ＬＩＮＥをブロックされた⁉　確かめる方法３選』——祈るような気持ちで手順をこなしブロックされたと分かった瞬間、頭を殴られたような衝撃を受けた。

スマートフォンの画面に水滴が落ちて、自分が泣いているのに気付いた。一度自覚してしまったら、もう涙は止まらなかった。わたしはしゃくり上げ、子供のようにわんわん泣いた。自分で吟味して買ったマンションは、防音設備もしっかりしている。泣き声は悠斗くんどころか、壁一枚を隔てた隣人にすら届かない。

なんで今日、と思う。愛想をつかされる言動に心当たりがないとは言えない。でも昨日まで普通に喋って、笑って、セックスこそしなかったけど、一緒のベッドで寝たじゃない。ずっと前から家を出る計画をしていて、それが今日だっただけ？　それとも……それとも死滅回游の件を馬鹿にしなかったら、悠斗くんはまだこの家にいた？

涙を雑にぬぐいながら、どこかでわたしはずっと、この恋の結末をわかっていたようにも思った。わたしには愛される才能がない。許されることでしか愛を実感できない。相手を傷つけ、許されることで自分の心は満たされても、相手の心の傷は癒えずに血を流し続ける。それに気付いていなかったのではない。血を流しながらそばにいてくれることこそ愛だと信じていた。今のわたしには、許されるどころか謝る道すら絶たれている。

ふと本棚に目をやると、下の段がごっそり空いていた。呪術廻戦がなくなっていた。なぜか笑いがこみ上げる。呪術廻戦は持っていくんだ。この部屋にわたし一人を残して。

いつしかカーテンの隙間から朝日が差し込み、朝がやってきたのを知った。会社に行きたくない。初めて仮病を使うか迷った。だけど、考えてみれば、これは振り出しに戻っただけなのだ。わたしは一人で生きていくためにマンションを買った。一人の女は働かなくては生きていけない。

立ち上がり、水を飲もうと開けた冷蔵庫には、タッパーがたくさん並んでいた。中身は地味で、素朴だが栄養満点の手作りのおかずだった。

全自動お茶汲みマシーンマミコの本命彼氏の本命彼女

仕事終わりに、珍しくテツくんから着信があった。テツくんとはマミコの家で会うのがほとんどだが、たまにデートみたいなこともする。マミコはマスクでも崩れないｓｈｕｕｅｍｕｒａのアンリミテッド　ラスティング　フルイドをスポンジで叩き込んできた朝の自分を褒めてやりたい気分だった[※1]。

渋谷方面に向かう電車内で、テツくんからお店の位置情報が届いた。……ファミレス？　なんだか嫌な予感がしたが、全自動なんちゃらマシーンのマミコは余計なことを考える機能をオフにして、素直に現場に向かったのだった。

店内を見回すと、窓際の一番奥の席にテツくんを見つけた。武道経験者で姿勢が良く、常に堂々と振る舞う彼が、今日は猫背で落ち着きなく視線をさまよわせている。

テツくん、と声をかけようとして、マミコは彼の前にいる女性に気付いた。初めて見る顔ではなかった。大学卒業後、テツくんにフラれたマミコが、インターネットを駆使して（ＳＮＳのアカウントに）（一方的に）たどり着いた『頭が良くて自立した彼女』こと、スガワラカスミさんだった。マミコの機械の心臓がきしむ。立ち尽くしていると、スガワラさんと目が合った。


ノガミさんですか？

マミコは無言でうなずいた。テツくんは一度マミコを見たが、すぐ気まずそうに視線を外した。スガワラさんはため息をついてテツくんを睨み、すみませんとなぜか謝ってから席をすすめた。そして真顔でマミコに言った。はじめまして。オガタテツの元婚約者です。


……『元』？

マミコの心に灯った小さな灯りは、テツくんの一言によって吹き消される。


……まだ、元じゃない。

それを無視したスガワラさんは、いかにも不味そうにカップに口をつけた。……は？

だんまりのテツくんに代わり、スガワラさんが状況を説明してくれた。

スガワラさんとテツくんは会社の同期で婚約中（知ってる！）。最近行動が怪しいと思ってスガワラさんが問い詰めたら（するどい！）、彼がマミコと会っているのがわかった（正解！）。ワンナイトや風俗ならまだしも（寛大！）、スガワラさんが許せないのは、テツくんが他の女の子を騙して（ん？）利用していることである（はい？）。だから別れましょう、と伝えると（いいぞ！）、この子とはマジで割り切った関係（え？）！　向こうも遊びだし（え⁉）！　あいつも他に男いるし（え⁉⁉）……あ、それは本当でしたね！）！　なんなら今から呼んで証明する（？？？）……と、スガワラさんの制止を振り切りテツくんはマミコを呼び出したそうである。なる……ほど……？？？　このファミレス、最寄りの地獄だったんですね。そんなレビューはグーグルマップになかったですが……。

マミコはテツくんが好きである。彼女とうまくいってない、マミコといると安らげるなんて言葉に縋り、雨の日も風の日も気分が乗らない日も、体調が微妙に悪い日も、納税みたいにセックスしてきた。付き合おう、とはたしかに言われていないかもしれない。でも、元カノに言う、俺たちやり直そうよ、は、それと同義ではないのでしょうか。

マミコに男が数人いるのは事実だ。けれど、テツくんと会う日は、その痕跡を徹底的に消していた。どんなに疑り深い男にも見破られない自信があったし、ましてマミコに興味のないテツくんが気付くわけがない。そんなテツくんが本命彼女に追い込まれ、デタラメに放った『あいつも他に男がいる』は、偶然にも真実の的を貫いた。

テツくんは石像になってしまったのか、微動だにせずテーブルの上の自分の拳を見つめていたが、時折スガワラさんの目を盗んで（笑）マミコに視線を送ってよこした。その目には、卑屈なのに傲慢で、懇願しながら命令するような色がある。全自動お茶汲みマシーンマミコの頭に直接メッセージが届く。ピコン。どうか話を合わせてください。ピコン。後で説明してやるから。ピコン。余計なことは言わないでくださいお願いします。ピコン。ピコン。ピコン。ピコン。脳内に響き続ける受信音。マミコは自分の指先が震えているのに気付いた。心臓から変な音がして、呼吸が浅くなる。いや、いくらなんでもこれは。でも、もしかしたら、いやでも、そんな。

スガワラさんはマミコを心底気の毒そうに見て、テツくんに冷たい視線を投げる。あのさ、と言いかけたスガワラさんの言葉を遮り、テツくんが初めて口を開いた。

ノガミさん、もしかして何か勘違いさせてたかな。俺は割り切ったつもりでいたけど……誤解させてたならすみません。

……誤解……？

マミコは思わず頭の中で誤解の意味を確認した。

ご‐かい【誤解】

［名］（スル）ある事実について、まちがった理解や解釈をすること。相手の言葉などの意味を取り違えること。思い違い。「誤解を招く」「誤解を解く」「人から誤解されるような行動」誤解とは - Ｗｅｂｌｉｏ辞書

正気か？　とマミコは思う。

テツくんとの再会がどういう形だったか、テツくんがスガワラさんをどのようにけなしていたか、マミコは事細かに話せる。見られたら困るであろうＬＩＮＥの履歴や写真はいくらでもある。そういうリスクのある女を呼び出して言い訳の材料にしようとは、流石にどうかしている。

……いや違う。テツくんはどこまでも冷静なのだ。マミコが自分にベタ惚れで、病めるときも健やかなるときもコントロール可能な存在であると確信している。マミコは感情を持った人間ではなく、安心の日本製・全自動性欲処理マシーン。だからこの場に呼び出した。さすがテツくん、大正解だ。

スガワラさんの態度を見るに、彼女は完全にテツくんを見限っている。この茶番がどんな展開を見せても復縁は絶望的だろう。誰が見ても明らかなのに、テツくんだけが悪あがきをして一縷の望みにかけている。

本命彼女という存在は、その男に一番執着している女ではない。……マミコはそんな当たり前

のことを、今あらためて実感した。その男をいつでも手放せることこそが、本命彼女の条件なのかもしれない。縋らず、泣かず、プライドを捨てず。嫌なら突き放せる自信があるヒト。

そんな本命彼女・スガワラさんの冷めた態度は、マミコの唯一の希望であった。マミコが何を言っても言わなくても、たぶん彼女はテツくんを捨てる。それなら今は最大限、テツくんのシナリオに乗ってあげるのが最善か。テツくんのことが大好きだから、テツくんのことを想って精一杯に演技する。そんなマミコの健気さが後々テツくんの……本命彼女にフラれた彼の心を打つ……かもしれない。さすがに都合が良すぎるか？　……マミコが？　それともテツくんが？

意を決したマミコはへらりと笑い、ごめんなさい、と間抜けな表情を作って言った。彼女さんいるとは聞いてたんですけどね。プライドなんて余計なものは、とっくに燃えるゴミの日に出している。マミコがどんな気持ちでいても、RMKのリクイド リップカラーを塗った唇の色が美しいのは変わらない[※2]。透け感と艶が絶妙で、特にお気に入りのリップだから、駅のトイレで塗り直してきた。テツくんに見てほしかったので。

マミコの前ではいつでも自信満々で、あらゆるものを上から評論していたテツくん。そんなテツくんがこんなにも情けなく、カッコ悪い姿を晒しているのは信じられないような気がしたし、そんなのわかりきっていたようにも思う。それでもマミコは故障したポンコツな機械であるため、情けなくてカッコ悪く、人によって態度を変え、自分より弱い存在の前でしか自由に振る舞えないクセにそれを認めず、周囲を上か下に振り分けて対等な存在を作らない、ただただ顔が中島健人に似ていて大企業勤めのテツくんが、スガワラさんのお古でも欲しい。だからお願い、早くテツくんを捨ててください。あなたは何だって持ってるんだから、こんな男くらい恵んでくれても良いじゃないですか。

もう会わないので心配しないでくださいね、と続けようとして、手の甲に涙の滴が落ちたことに気付く。失敗した、と思う。テツくんに触れられるのを期待して、HACCIのハンドクリーム マドモワゼルを塗った滑らかな手〔※3〕。一度こぼしてしまった涙は止まらず、マミコは中途半端な笑顔のまま、ボロボロと目から滴を落とし続けた。

いたわりの表情を浮かべ、趣味の良いハンカチを差し出してくれたのが、スガワラさんじゃなくてテツくんだったらどんなに良いかとマミコは思う。テツくんは石像で、マミコは故障したマシーンで、このテーブルに人間は、スガワラさんしかいないのだった。

全自動お茶汲みマシーン
@cosme_mmk

shu uemura
アンリミテッド ラスティング フルイド

[※1]shu uemuraのファンデは少量で伸びが良く、マスクをしていても崩れにくいのに、仕上がりがナチュラルなのも推せる。

全自動お茶汲みマシーン @cosme_mmk

[※2]お洒落な色味と透け感、軽い塗り心地が嬉しいRMKのリクイド リップカラー。潤って乾きにくいのも嬉しい。

全自動お茶汲みマシーン @cosme_mmk

[※3]HACCIのハンドクリーム マドモワゼルはUVケアのできるハンドクリーム。香りが良く、ベタベタしないし爪にも塗れる。

ウサギとカメ#ウサギのサキちゃん

いとこのカメちゃんとは、小さい頃から仲良しだった。カメちゃんというのはもちろんあだ名で、童話の『ウサギとカメ』からきている。

わたしとカメちゃんの母親同士が姉妹で、娘のわたしたちは同い年。自分で言うのも何だけど、わたしは容姿とコミュ力にそれなりに――この『それなり』がわたしを後々苦しめるのだけど――恵まれた、要領の良い子供だった。幼稚園に行きたくなくてカメちゃんが毎朝泣いていた頃、わたしはお遊戯会の主役を嬉々としてこなしていた。

二人で同じ小学校を受験して、わたしだけが合格した。親戚が集まる場で、優越感を隠しきれずに「ほら、ウサギとカメなのよ。うちの子ウサギなだけだから」「将来きっと抜かされちゃうわ」と笑ったママ。それを悪気のない発言としてフォローしたパパは、本当に幸せな人だと思う。

わたしが苦労なく大学まで進学する間に、カメちゃんは中学受験も失敗し、高校は都内の私立に進み、現役でわたしと同じ大学に来た。学部が違うので一緒に行動することはなかったけれど、会えばたわいのないおしゃべりをした。就活がうまくいかなかったわたしは、三年前から某金融機関の子会社で働いている。院に進んだカメちゃんは、去年の春から有名な化粧品会社の開発職に就いた。

「お茶しない？」と連絡があったのは先月の終わり。気は進まないけど会うことにした。断る理由も尽きていた。念入りにメイクして、わざと遅れてお店に入った。カメちゃんの指定した銀座のカフェは静かで上品な雰囲気だった。客の年齢層は高く、おしゃべりというより『談笑している』という感じだ。そんな中、壁際の席で一人読書をしているカメちゃんは、悔しいが絵になっていた。水彩画風の表紙の本は小説だろうか。わたしはスマートフォンをカバンにしまい、ひと息ついてからテーブルへと歩き出す。

「ごめんね、待った？」と声をかけると、「大丈夫だよ」とカメちゃんは微笑む。ブラウンのリップがお洒落で可愛いと思ったけど、素直に口にしたくはなかった。でも褒めないのも意識しているみたいで癪《しゃく》だったから、仕方なく、何にも考えてない顔で言う。

「あれ、ちょっと綺麗になった？　なんだか垢抜けたみたい。さすが化粧品会社勤務」

「そうかな……」

照れて笑うカメちゃんが、目を伏せて髪の毛を耳にかけた。髪、切ったんだ。毛先の揃った短めのボブは、彼女によく似合っていた。艶のある真っ黒な髪が、彼女の動きに合わせてしゃらしゃら揺れる。そばかすを活かしたベースメイクは薄めで、透明感がある。本当に、綺麗だと思った。でもこれ以上は言ってあげない。カメちゃんから目をそらすために開いたメニューに視線を落として、飲み物の値段にぎょっとした。たかがコーヒーが１１００円？　たっか……という感想を呑み込んで、何にも考えてない顔でホットコーヒーを注文する。……なんでわざわざ、こんな所を選ぶんだろう。別にスタバで良かったのに。

「わたしの所は開発だから、やることは地味なんだけどね」

希望の部署に配属されたらしく、仕事を語るカメちゃんは生き生きしていた。わたしは虚無の「すご～い」を繰り返し、カメちゃんが満足するのを待った。

「そっちはどう？　もう三年目だよね」

尋ねるカメちゃんのまっすぐな目。すべての人間がやりがいや向上心を持って働いていると信じている顔。「そうですね、やはり後輩も増えて仕事の幅が……」とか言えばいい？　わたしみたいに何の目標もなくデータを処理し続けるＯＬがいるなんて、きっとご存じないのでしょうね。

「……別に普通だよ。それより今は家探しかな」

「一人暮らし始めるの？」

「ううん。彼と同棲するんだ」

仕事の話を強引に切る。付き合って一年になる彼は、大手ＩＴ企業のエンジニアだ。副業もいくつか掛け持ちしていて収入は良い。

「彼の会社がフルリモートになったから、都心に住む必要なくなったんだ。だから広い家に引っ越そうって話になって」

……彼が引っ越しを検討しているのは本当だった。人混みや満員電車が苦手な彼は、これまで会社の徒歩圏内のマンションを借りて住んでいた。さらりと「鎌倉あたりに引っ越そうかな」と口にした彼に、「わたしも住みたい」と懇願した。「でも咲《さき》は、これからも東京に出社するんだよね？」と彼は困惑していたけれど、わたしはそれでも構わなかった。いや、そのほうが都合が良かった。最初だけ長距離通勤を頑張る姿勢を見せておいて、後で理由をつけて辞めればいい。代わりに不規則になりがちな彼の生活のサポートをすれば、彼も助かるはず……なのに。

「わたし、カメちゃんと違って働くの向いてないからさ。彼のお世話のほうがマシかなって」

毎日不動産サイトで鎌倉エリアの物件を見比べている。良さそうな物件は彼に送っているけれど、なんだかんだと理由をつけられまだ内見にも行っていない。……わたしが仕事を辞める気なのを薄々感じているからか、彼は同棲に及び腰だ。先週は、「仕事を犠牲にしてまでついてきてほしくない」なんて言われてケンカになった。結局、彼は責任をとりたくないのだ。少なくとも今の段階では。……そんなこと、カメちゃんには絶対言わない。

「そうなんだ。結婚を視野にってことなのかな」

「まだ早いとは思うんだけど、同棲したらそうなるかもね」

余裕ぶって笑いながら、早くない、さっさと結婚したい、と強く思う。これから十年、今の仕事を続けるだなんて考えただけでゾッとする。仕事がつまんないのはつまんない仕事を選んだからだけど、それにしてもわたしは仕事ができない。ていうか関心がない、持てない。どうでもいいと思っているから、単純なミスを繰り返してしまう。職場で嫌われていない代わりに、誰にも信頼されていない。……女は愛嬌じゃなかったの？　愛嬌で短期の歓心は買えても信頼は得られないなんて、大人になる前に教えてほしかった。

「カメちゃんはすごいよ。バリバリ仕事して、自立もしてるんだもん。すごく大人になったよね。わたしって親とか彼に頼りっぱなしで、難しいことは何にもわかんないの」

バカのふりして舌を出す。こうでもしなきゃカメちゃんに勝てない。いや勝ち負けなんてないんですよ、と他人は言うかもしれないけれど、うるせぇ勝ち負けは絶対あります。税金の仕組みがわからなくても、引っ越しの手続きがわからなくても、周りが何とかしてくれる。バカでいることが許される環境、その環境を作れる魅力。カメちゃんになくて、わたしにあるもの……あるってことにしたいもの、は、そんな薄っぺらいモノしかない。

「おめでとう。咲ちゃんは本当に、何でもトントン拍子で羨ましいな」

カメちゃんはそう言うが、まったく羨ましそうではなかった。きっとカメちゃんがわたしの立場なら、彼の引っ越しを手伝って、週末に遊びに行って、良い距離感を保つのだろう。……彼の心情的にはそのほうが、かえって結婚に近づくかもしれない。

「カメちゃんは結婚願望ないの？」
「うーん、今のところは。相手もいないし」
カメちゃんにとって、結婚は人生のオプションであってマストじゃない。わたしがいくら結婚でマウントとったとして、どこまでもカメちゃんの視界の外だ。

カメちゃんの就職先を聞いたときの、ママの強張った顔が忘れられない。ねぇママ、ママの言った通りだったよ。ウサギはカメに抜かされました。いや、いっそ、あえて別のルートを選んだことにする？「へー、カメちゃんはその道まっすぐ行ったんだ」みたいな顔で、勝負ごと無効にしちゃおうか。

カメちゃんの左手には、ボーナスで買ったらしいＧＵＣＣＩの腕時計がある。カメちゃんは自分で買える女で、わたしは男に買わせる女。買わせることができる女。大丈夫大丈夫負けてない。……ねぇママ、これでいいんだよね？

一人で生きていける子はいいな。
注文したコーヒーは、まだ半分以上残っている。だけど今すぐ帰りたかった。

全自動お茶汲みマシーンマミコと天罰

悪いことは続くもので、めちゃくちゃ好きな男が本命彼女にすがりつく様を見せられた翌週、知らない人からＬＩＮＥが来たので見てみたら、不倫相手の奥さんだった。「お話ししたいことがあります」だそうだ。そりゃそうでしょうねとマミコは思った。

土曜日の午後に会いたいと言われ、マミコは週末の予定をすべてキャンセルした。添付された店のＵＲＬを確認すると、新江古田にあるカフェだった。どうやら個室もあるようだ。

印鑑を持ってこいとの指示を受け、マミコは銀行印と一緒に保管している通帳を開いた。マミコのマンションは叔母の持ち物で、家賃を格安にしてもらっている。なのでマミコは収入のわりに貯金は多い。けれど、それは日々の小さな努力でコツコツ『貯めた』お金であって、楽して『貯まった』わけではない。不倫の慰謝料の相場は五十万から。こんなことで何十万……場合によっては百万単位で貯金を失うのは痛手だが、今はすべてが投げやりな気持ちで、どうでもいいとさえ思っていた。

不倫、慰謝料、会社バレ、なんて単語とともに浮かぶのは、セリザワさんやその奥さんより、今回の件とは無関係の、好きな男とその彼女の顔だった。あれ以来、テツくんからの連絡はない。スガワラさんは意見を変えず、ちゃんと別れてくれただろうか。

カフェに着くと、やはり個室に通された。先に到着していたセリザワさんの奥さんのお腹は、丸く大きく膨らんでいる。予定日が近いのは明らかだった。

この日のマミコはシンプルなワンピースを着ていた。足元はローヒールのパンプスで、アクセサリーの類は一切つけていない。就活メイク、お仕事メイク、デートメイクを教える記事は多々あれど、不倫相手の配偶者に謝りに行くときのメイクのハウツーは、どこのメディアにも載っていない。

散々迷った結果、髪はおくれ毛なしのアップにした。肌はマキアージュのドラマティックエッセンスリキッドで毛穴レスかつ素肌感［※1］。マスカラはせず、まぶたにはOSAJIのニュアンスアイシャドウパレットで薄くグラデーションを加え［※2］、頬にはクリニークのチークポップの05番、ヌード　ポップを薄く入れた［※3］。

案内してくれた店員が個室を出ていってすぐ、マミコは無言で頭を下げた。

座ってください、と言われてテーブルを挟んで向かい合っても、マミコはセリザワさんの奥さんを直視できなかった。落ち着かず、視線はテーブルの上の自分の指先に置く。ネイルは昨日落としてきた。

奥さんから別れてくださいと言われ、マミコは一も二もなくうなずいた。そのときはじめて、マミコは謝罪を口にできた。申し訳ありませんでした。後悔の気持ちが胸で渦巻く。節操のないマミコでも、さすがに謝罪の気持ちは本物だった。

うちはやり直します。

奥さんははっきりそう言った。子供たちはパパが大好きなので、引き離すことはできないと。セリザワさんは会社を辞め、奥さんの兄が継いでいる事業を手伝うそうだ。そのため、再来月には練馬の家を出て、一家で奥さんの地元である九州に引っ越すらしい。淡々と語る奥さんの目が、マミコの様子をうかがっている。すでに白旗を上げたマミコは、全自動謝罪マシーンとなって洒落たカーブを描く椅子の上で謝り続けるのみである。

セリザワさんの奥さんからは、そういうわけだからもう夫に関わらないでくれ、連絡先もこの場で消去し、二度と連絡しないでほしい。約束を破ったら、慰謝料を払うと念書を書いてほしいと言われた。有無を言わさず慰謝料を請求されるとばかり思っていたマミコにとっては渡りに船で、拒否する理由はひとつもない。サインと捺印が済むと、ほっとしたように奥さんがため息をついた。

結婚できると思ってました？

マミコが念書を手渡した際、ささやくように彼女が尋ねた。奥さんの目や、無理やり持ち上げた口角から、はっきりと軽蔑の色が見てとれた。マミコが答えあぐねていると、奥さんは続けた。あの人、私と絶対に別れたくないって泣いてましたよ。どうせあなたにも、結婚しようだの離婚するだの言ってたんでしょうけどね。

マミコは薄い記憶を呼び起こすが、セリザワさんはマミコと結婚する気はなかったと思う。ここ数年は妻とは不仲で家ではまったく安らげないけど子供は幸せにしてやりたい、みたいな話はよくしていた……ような気がする。折に触れ家庭の話題を出してくるのは、立場をわきまえろという牽制なのだと思っていた。テツくんが何気なくつぶやいた、やっぱマミコなんだよな……は頭の中で数千万回再生しているが、セリザワさんと話した内容はびっくりするくらい覚えていない。

マミコの戸惑いと沈黙を、ショックを受けていると捉えたのだろうか。セリザワさんの奥さんはますます笑みを深めて言った。そうですよ。あなただけじゃなかったんです。

……あ、そっち？

あなたにも言ってたんでしょうけど……は『あなた以外にも女がいますよ』の意味だったのか。意外と言えば意外であったが、不倫相手が自分だけではなかったことは、むしろマミコの心を軽くした。セリザワさん、本当にしょうもないですね……そんな思いはおくびにも出さず、マミコは黙って相手の出方を見守る。沈黙は金。マミコは唇を噛み、眉にグッと力を入れる。この表情が、何かに耐えているように見えるのを、マミコは知っていた。

その後の数分間の沈黙を破ったのは、セリザワさんの奥さんのほうだった。

……ごめんなさい。

え？　マミコは意味がわからず首を傾げる。ハンカチで口元をおさえた奥さんの瞳は涙に濡れていた。手元や背中が震えているが、まさかマミコがさするわけにもいかないだろう。マミコは奥さんが落ち着くまで、大人しく距離を保っていた。

涙を拭った奥さんは、他に女がいたなんて、あなたに話さなくてもいいことなのに、傷つける目的で言ってしまった。あなたはちゃんと謝ってくれたのに、自分は嫌な女だと思う。……みたいなことをポツポツ話した。いやいや……。奥さんにはそれくらい言う権利はある。良い人なんだろうなとマミコは思う。この良い人に意地悪なことを言わせたのは、セリザワさんと、マミコたち不倫相手である。

聞けば、もう一人の不倫相手とは、マミコの前に会ったらしい。相手は二十歳の女の子。その子の話では、離婚するから待っていてほしい、君と結婚したいとセリザワさんもいつも言っていたと。彼女は念書も拒否して、慰謝料を払うから彼と離婚してくれ、自分は別れないと言い切ったらしい。すげぇ。そんな大物と対峙した後がマミコでは、奥さんも拍子抜けだっただろう。

本当は、旦那を今の会社に残してあなたたちに辞めてもらおうと思ったんです。でも、社内で二人も手を出しているようじゃあね……。

奥さんは再びため息をつくが、マミコの心臓は飛び跳ねた。……社内で二人？　もう一人の不倫相手も同じ会社にいるとして、若い女子社員はそう多くない。今年の新卒は全員四大卒だから、二十歳で思い浮かぶのは一人。役員のコネで入ってきた、大学中退の女の子。コミュニケーション能力皆無で、事務仕事以外は断固拒否する、扱いづらいと評判のマミコの後輩である。いくらなんでも近場で調達しすぎだし、セリザワさんもよりによってえらいところに手を出したな……とマミコは自分を棚に上げながら呆れた。

奥さんと別れ、帰路についたマミコは目眩《めまい》がして駅のベンチに腰を下ろした。きっと奥さんが勘付いたのはマミコではなく、もう一人の不倫相手の存在だろう。マミコはおまけで見つかったのだ。まぁ、これに関しては自分が悪いので文句は言えない。

不倫がバレたらどうなるか、もちろんわかっているつもりだった。でも、ケーキの味を想像するのと実際味わうのは全然違う。何が銃だよ。本当に馬鹿。マミコの前で泣いたあの人は、想像上の『奥さん』ではなく、真っ当に生きてきた一人の人間だった。だからこそ責任は重いし、申し訳なくて胸が苦しい。けれど、マミコは自分という人間にとっくに絶望しきっているため、この感情はバレたからこそ生じた後悔であり、バレずにぬるっと終わっていれば、特に反省せずに生きていったであろうと確信していた。マシーンであるマミコの理性や倫理観はとっくに壊れている。修理できる人はこの世におらず、若さを消費しながら破滅に向かう一方な気がして、マミコはつらいな〜と思い、ベンチの隅っこでバレないように涙をぬぐった。

全自動お茶汲みマシーン　@cosme_mmk

[※1]これがドラッグストアで買えちゃうの…？　と慄いたマキアージュのファンデ美容液。みずみずしいのにベタベタしない。

全自動お茶汲みマシーン　@cosme_mmk

[※2]ニュアンスの美しいOSAJIのアイシャドウ。Wataridori〈渡り鳥〉と名の付くパレットは、レッドとパープル、ヌーディピンクの目にも楽しい組み合わせ。

全自動お茶汲みマシーン
@cosme_mmk

クリニーク
チーク　ポップ

[※3]ビジュアルが優勝しているので、何色も欲しくなっちゃうクリニークのチーク　ポップ。カラバリも豊富なので、一つは持っておくべし。

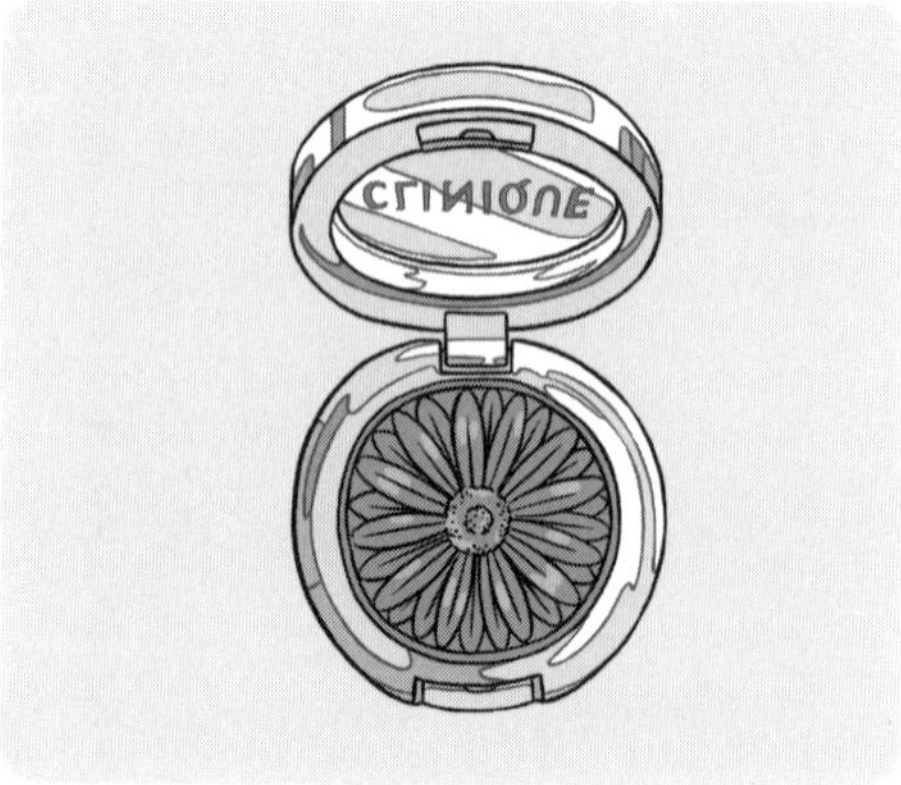

ウサギとカメ#カメのカナメちゃん

昔々、いとこと一緒にお受験し、一人だけ落ちた女の子がいました。わたしです。

「ほら、ウサギとカメなのよ。うちの子ウサギなだけだから」

親族のお花見で、ほろ酔いの叔母さんがそう言った瞬間、わたしは『カメちゃん』になった。

帰りの車の中、母が怒り狂っていたのをよく覚えている。

「あの子は昔から無神経で、母親になってもそのまんま！」

「子供の前であの物言い！」

なんだか申し訳なくなって、「ごめんなさい」と謝ると、「あんたは悪くない！」と怒鳴られた。

どう考えても「あんたが悪い！」のトーンだった。

『ウサギとカメ』の一件は、うちの母親の対抗意識にドバドバと油を注いで燃え上がらせた。中学も高校もウサギちゃんのところを受けさせられ、突きつけられた不合格通知に母親は比喩でなく絶叫した。大学は行きたい学部があったので、初めて自分の意思でウサギちゃんのいる学校を受けた。四度目の正直で合格したときは、嬉しいよりも安堵が勝った。

キャンパスで見かけるウサギちゃんは、いつも友達に囲まれていた。わたしが研究に追われている間、ウサギちゃんは他大の彼氏にレポートの代筆をさせていた。生まれたときからの付き合いで、彼女の悔しそうな顔を見たのは一度だけ。就活で本命企業……今わたしが勤める化粧品メーカーに落ちたときだけだった。

今の会社の内定が出たとき、一番喜んだのは母親だ。「やっと勝てたね！」とはしゃいだ母は、十代の少女みたいだった。……一緒に住んでいるわけでもないのに、姪の第一志望の企業なんて、あの人はどこで知ったんだろうか。

待ち合わせ時間の十分前にカフェについた。お洒落なウサギちゃんのために選んだカフェは、ネットに上がっていた写真以上に雰囲気が良くてほっとした。ぷっくりと丸みを帯びたペンダントライト、曲線の美しいテーブルや椅子、今どきめずらしい振り子付きの柱時計。よく磨かれたダークブラウンの床に、アンティークらしい家具がしっくり馴染んでいる。斜め横のソファ席では、母子らしき二人組が和やかに会話を楽しんでいた。娘のほうは三十代、母親は六十代だろうか。二人とも素敵な服を着ている。特に母親のほうは、明るいベージュのワンピースがよく似合っていて若々しい。……大きなダイヤが光る右手は、成績の上がらない娘の頰をはたいたことがあるのだろうか。ふとそんなことを考えた。

ウサギちゃんが遅刻するのはわかっていたので、わたしは小説を買ってきていた。案の定、「もう着くよ」と連絡がきたのは第二章を読み終えた頃だ。待ち合わせ時間から二十分が過ぎていた。

彼女が入ってきたのにすぐに気付いた。小柄でも華奢でバランスの良い体、長い髪と大きな目。若い男性の店員が彼女を目で追う。そんな視線を当然のように受け流したウサギちゃんが、開口一番「綺麗になった？」なんて言うので、一人でドギマギしてしまった。自分が言われ慣れているからか、彼女は他人をよく褒める。

「なんだか垢抜けたみたい。さすが化粧品会社勤務」

「……わたしの所は開発だから、やることは地味なんだけどね」

今日のわたしは饒舌だった。

地味な研究が何につながり、どんなことに役立つのか。優秀な同期や先輩、日本有数の設備と実績。仕事の良い面、誇れる面ばかりがなめらかに口から放たれて、わたし自身も驚いていた。それらは事実であるものの、実際はパッとしない日々が続いていた。例年以上に優秀らしい同期の中で、浮き始めている自覚はある。あれがしたい、これが作りたいと目を輝かせる同期の中で、わたしは本当に空っぽだった。

ウサギちゃんがすごいすごいと聞いてくれるので、ついつい話し過ぎてしまう。ウサギちゃんの「すごい」は軽く、「へぇ」とか「うん」とほとんど同じ。ようは相槌なんだけど、わかっていても嬉しくなってしまう。

ひと息ついて気を落ち着かせ、聞き役に徹してくれていた彼女に仕事の話を振ってみると、「普通」の一言で済まされた。ウサギちゃんは金融系の事務職として働いている。実家暮らしなので余裕があって、海外旅行にもよく行っている。でも今はそれより、彼氏と住む部屋探しに夢中だという。ウサギちゃんの彼はエンジニアで、すごく仕事のできる人らしい。人格的にも申し分なく、経済的にも豊かなのが話の端々から伝わってくる。

……ウサギちゃんがハイスペックな彼氏と同棲。頬を引きつらせる母親の顔が頭に浮かんだ。母が知ったらなんて言うだろう。やっと学歴・就職レースが終わったのに、今度は恋愛・結婚レースが始まってしまう。いや、そもそもレースを続行中な気でいるのはカメたちだけだ。きっとウサギの親子はそんな話があったことすら忘れている。

「わたし、カメちゃんと違って働くの向いてないからさ」

そう言って笑うウサギちゃんに、あぁこの人には働かない選択肢があるのだな、と思い知らされた。

「親とか彼氏に頼りっぱなしで、難しいことは何にもわかんないの」
連続パンチ。その言葉を聞いたとき、猛烈な羨ましさに襲われた。ウサギちゃんは難しいこと、面倒なことから守られている。彼女を守りたい人たちによって、『わからない』を許されている。ウサギちゃんには、他人が手を差し伸べたくなる魅力がある。それは可愛い顔だけでなく、与えられて当然と思える自信であったり、周りを笑顔にする愛嬌などにより成り立っている。それはわたしが今からどんなに努力しても、手に入らないものだった。誰にも守ってもらえないわたしは、難しいことを『わかる』しか道はなかったし、自分で何とかするしかなかった。

「カメちゃんは結婚願望ないの？」
結婚願望はなくはなかった。けれど今まで彼氏すらできたことのないわたしには、どこまでも遠いお話だった。ウサギちゃんは、彼と同棲したら仕事を辞めるつもりだと言う。それは彼のお金で暮らしていくってことだけど、わたしは……。わたしを養っても良いと思う男性が、この世のどこかにいるのだろうか。ううん、養ってくれなくていい。それでも、わたしを唯一のパートナーに選んでくれる男性が、この先現れるのか。大人になった今でも無邪気に、わたしをカメちゃんと呼ぶ可愛いいとこは、自分が結婚できるかなんて考えたこともないだろう。

「……うーん、今のところは」

不安をぶちまけてしまいたい気持ちを、ちっぽけなプライドが押し留めた。だって、わたしは結婚しなくても大丈夫で、一人で生きていける人間だし。……そういう風に見えるよう、自然な笑顔を心がけた。付け加えた「相手もいないし」が、『別にほしいと思ってない』と聞こえたように祈りながら。

カメが必死に追いかけただけで、最初からウサギの視界にカメはいない。行きたい学部があったから大学を受けた。企業理念に惹かれて会社を選んだ。……と、思っていた。でも本当に、ウサギちゃんの存在がなくてもわたしはそれらを選んだだろうか。わからない。ウサギちゃんと同じものが、ウサギちゃんが手に入らなかったものが、わたしは欲しかっただけなんじゃないか。いや、もしかしたら、わたしは欲しいもの……ううん、何を欲しがったらいいか、それすらわからなかったから、彼女の後を追ったのかな。必死に就活したのにイマイチ夢中になれない理由は、その先にウサギちゃんがいないから？

今感じている空《むな》しい気持ちの正体は、ウサギちゃんが手に入れようとしているものが、今度こそ自分が得られないという絶望なのかもしれなかった。ずっとウサギを追って来たのに、ウサギがぴょんと崖を飛び越え、カメの渡れない場所に行ってしまったら、カメはどうすればいいんでしょうか。

次に会うとき、ウサギちゃんの左手の薬指に指輪があるかもしれない。わたしは一人でいくら稼いでも、その指に指輪をすることはない。仮に指輪をくれる人がいたとして、ウサギちゃんの相手と比べずにいられるだろうか。

誰かと生きていける子はいいな。

レモンティーに口をつけながら、あぁはやく帰りたいな、と思った。

全自動お茶汲みマシーンマミコと愛の日々

ファミレスでの一件以来、テツくんとの連絡は途絶えていた。他の男と会う気にならず、マミコは会社と家を往復する屍のような日々を送っていたが、ある日突然、彼から「マジでつらい」というメッセージがあった。マミコが飛んでいったのは言うまでもない。それから二ヶ月、金曜の夜から日曜の夕方まで、テツくんの部屋で過ごす週末を繰り返している。正式に付き合い始めたわけではない。スガワラさんに捨てられ、自暴自棄になったテツくんのそばに、マミコが勝手に寄り添っている……というのが実態に近い。

テツくんの元・婚約者だったスガワラさんは、マミコとの浮気を知って、スッパリと彼を切り捨てた。テツくんがどんなに言い訳しても、マミコが機械の心臓を軋ませながらテツくんの嘘に協力しても、彼女の心は動かなかった。いやむしろ、マミコの痛々しい演技はスガワラさんの同情を生み、ますます別れの意志を固めたとも言える。

テツくんは一応出勤はしているが、週末はほとんど引きこもりだ。表情にも覇気はなく、放っておけばいつまでもベッドで横になっている。出されなければ食事もしない。それほどまでに憔悴している。じゃあ浮気なんかしなきゃ良かったのに。そんな正論は、マミコの口からは絶対言えない。

金曜の夜、オフィスを後にしたマミコはスーパーに立ち寄り、週末用の食材をどっさり買い込んでテツくんの家に向かった。合鍵を使って部屋に入り、荒れ放題のリビングを軽く片付けてから料理を始める。仕事後は直帰すると言っていたテツくんは、日付が変わる頃に帰宅した。一人で飲んできたようで、ベロベロに酔っていた。

靴を脱ぎ捨てたテツくんは、マミコを無視してソファに座り、冷蔵庫からビールを取り出し飲み始めた。今朝より片付いている部屋や、料理の匂いに気付いていないはずがないのだが、感謝や謝罪の言葉はない。むしろむっつりと黙ってダルそうである。

……こんなとき、スガワラさんなら何て言うんだろう。そもそもこんな扱いを許していない？

頭によぎったくだらぬ問いを、マミコは苦笑して振り払う。だってマミコは人間ではなく、全自動家事マシーンだ。マミコとスガワラさんを比較するのは、現実世界のネズミとミッキーを比べるくらい意味がない。

テツくんはたびたびマミコを無視するが、帰れとも言わない。同じベッドで寝てくれるし、たまにハグだってしてくれる。ビールを飲み干したテツくんは、テレビのチャンネルを無意味に切り替え、大きなため息をついて電源を落とす。マミコがシーツを交換したベッドに風呂も入らず潜り込み、すぐにいびきをかき始めた。マミコはテツくんを起こさないよう、静かに空き缶や食器を片付け風呂場に向かった。

マミコはテツくんの家の風呂場が好きだ。ちゃんと掃除は（マミコが）してあるし、マミコの家よりバスタブが大きい。何よりラックにマミコ好みの品が揃っている。例えば、シャンプーとコンディショナーは木村石鹸の12／JU-NI（ジューニ）。固い髪をするんとまとめてくれる上、ボトルもシンプルで悪目立ちしない［※1］。クレンジングはAttenir（アテニア）のスキンクリア クレンズ オイル アロマタイプ。くすみケアができるのが嬉しく、メイクもしっかり落ちるのにつっぱらないし、香りも良く、詰め替えもあって経済的［※2］。洗顔はKANEBOのスクラビング マッド ウォッシュ。泥とスクラブでツルツルになるのに、スクラブにありがちな刺激を感じず、泡立ててゆく過程も楽しい［※3］。

……少し前まで、ここにはドクターズコスメが並んでいた。スガワラさんはすべてを同じブランドで揃える女であった。シンプルなボトルが風呂場や洗面台のスペースを占拠していた一方で、マミコのコスメは洗面台の収納に隠すように、というか隠して置いていただいていた。テツくんがスガワラさんと別れてから、マミコは彼女の残した物を徹底的に処分した。もったいないなと思ったけれど、さすがに好きな男の元カノの使いかけのコスメは使いたくない。

スガワラさんの気配のない風呂場で、マミコは快適なバスタイムを楽しんだ。Ｆｕｊｉｋｏ（フジコ）の眉ティントのおかげで、マミコは風呂上がりでも眉毛がちゃんとある［※4］。寝支度を整えたマミコがベッドに入ると、テツくんは寝返りを打って少しだけスペースを空けてくれた。その隙間に滑り込み、テツくんに背中を向けて横になる。誰がなんと言おうと、マミコは幸せだった。テツくんにはマミコしかいない。ボロボロに弱ったテツくんは、マミコを必要としている。

……多分。

そんなことを考えているとき、テツくんが再び寝返りを打って、マミコを背中から抱えるように腕を回してきた。あれ？　するの？　セックス。想定外だが、マミコはちゃんと諸々のケアをしておいた自分を内心で褒めた。けれど、テツくんがそれ以上を求めてくることはなかった。マミコを抱きしめたまま震えている。いや、泣いている。と、気付いてしまえばマミコはテツくんに向き合う勇気はなかった。

……カスミ……。テツくんが元カノの、スガワラさんの名前を呼ぶ。マミコは全身の血液が冷たくなっていく感じがした。手足や内臓、目の奥までが熱を失ってゆくような。ねぇテツくん。ベッドで他の女の名前を呼ぶのって死刑じゃなかった？　マミコがマシーンじゃなかったら死ぬほど傷つくところだった。

啜り泣きが終わると、今度は寝息が聞こえてきた。マミコは枕の下からスマートフォンを取り出しインスタを開いた。捨てアカウントから監視しているスガワラさんのアカウントに更新はない。数日前、別のユーザーにタグ付けされたスガワラさんは、お洒落なバルで女友達とワインを空けていた。屈託のない笑顔は眩しく、この数ヶ月で頬のこけたテツくんとは真逆に見えた。……早く新しい彼氏を作って、テツくんにもわかる形で周知してほしい。マミコが強く念じていると、知らないアカウントからＤＭが届いた。スガワラさんかと思って心臓が跳ねたが、そんなわけがない。だって、スガワラさんの世界にマミコはいない。

「セリザワさんと付き合ってたんですね」

あまりに唐突。メッセージを送ってきたのは、マミコが少し前まで不倫していたセリザワさんが、マミコと同時に手を出していた後輩だった。このためだけにアカウントを作ったらしい。ちなみにセリザワさんは不倫が奥さんにバレて会社を辞めた。都内の戸建てを売り、奥さんの地元に引っ越していった。

……なぜ今。マミコはうんざりしてスマートフォンを伏せた。今のマミコにとってテツくん以外の男は心底どうでも良い。ましてや関係の終わったセリザワさんなど、路傍の石より興味がない。でもコミュ力ゼロでこだわりの強い後輩は、丸く収めるという言葉を知らない。きっとマミコを逃さないだろう。最悪の沼にどんどんハマっている気はするけれど、マミコにとって、今はテツくんの腕の中にいること、それがすべてだ。ルンバはお掃除ロボットなのでご飯を炊く機能はないし、全自動お茶汲みマシーンのマミコに未来を憂う機能はない。マミコはすべてをシャットダウンし、目を閉じて夢の世界に逃げた。

全自動お茶汲みマシーン @cosme_mmk

[※1]12/JU-NI(ジューニ)のシャンプー・コンディショナーは固めの髪もするっとまとまる。HPも研究の苦労や作り手のこだわりが見えて楽しい。

全自動お茶汲みマシーン
@cosme_mmk

Attenir(アテニア)

スキンクリア クレンズ オイル アロマタイプ

[※2]角質が気になり、くすみケアに惹かれて買ったアテニアのクレンジングオイルは、香りも使用感も良く、継続しやすい価格なのでリピートしている。

全自動お茶汲みマシーン @cosme_mmk

[※3]KANEBOのスクラビング マッド ウォッシュはスクラブ&クレイの洗顔料。さっぱり感があるのにつっぱらず、使用感も気持ち良い。

全自動お茶汲みマシーン @cosme_mmk

[※4]眉毛があるのとないので雲泥の差。Fujiko(フジコ)の眉ティントのおかげで朝のメイクも時短になるし、すっぴんもちょっとマシになる。

まだ「女の子」やってるの？

「びっくりした。まだみんな『女の子』してるんだね」

　自分の口から出た言葉が、思ったよりも意地悪な響きを含んでいたので、当のわたしが驚いた。

　この日は友人の紗江の結婚式だった。高校時代から華やかで目を引く存在だった紗江は、楽しみ尽くした独身生活に終止符を打って、二十七歳で結婚した。コロナで二度も延期になって三年後になってしまったものの、式と二次会にはテニス部の同級生九人全員が出席した。先の発言の不穏なムードを打ち消すように、わたしは明るいトーンを意識して続けた。

「男がどうとかマッチングアプリとか、なんか若いなって思った。今頃うまくいってるといいね」

　二次会後、独身組は新郎の友人たちに誘われ三次会へ。既婚者で子持ちのわたしと詩絵《しえ》は遠慮して、二人でご飯を食べにきた。恵比寿の路地裏にあるお洒落なイタリアンは彼女の行きつけらしい。暖色の灯りが照らす店内は、ほどよくカジュアルで居心地がいい。

　半年前に出産した詩絵は、産後太りを感じさせないスリムさでモードなワンピースを着こなしている。フリーのイラストレーターの彼女は、母親のバックアップを得て来月仕事に復帰するという。詩絵は何も言わずにじっとわたしを見つめた後、小さく首をかしげた。タイトなローポニーにまとめた黒髪のそばで、シルバーのチェーンピアスが揺れ、光る。

「あのさ、それ、わざとなの？」

「え？」

言葉の意味がわからなかった。わたしの間抜けな返答はますます彼女の気に障ったようで、詩絵は眉根を寄せた。不思議なことに、そのときのわたしの頭の中にあったのは、詩絵はこんな表情をしても眉間にシワができないんだな、やっぱボトックスとか打ってるのかな、だった。

「今日ずっと感じ悪い。みんな引いてるのわかんなかった？」

予想外の台詞に言葉を失う。指先から温度が抜けていく。みんな引いてた？　今日ずっと？　笑ってお喋りしてたじゃん。

「わたし……何か悪いこと言った？」

「そういうのいいから。わかってるでしょ」

詩絵は白けた顔で店員を呼び止め、ワインのおかわりを注文した。わたしは視線を落とし、冷めていく料理を眺めていた。考えないといけないのに、頭が考えるのを拒絶していた。

『みんな、まだ女の子なんだね』……今日ずっと、ことあるごとに言ってたでしょ。どういう意味？」

隠し事を暴かれたみたいにヒヤリとした。それでもなんとか平静をよそおう。

「それは……みんなが、ほら、彼氏欲しいとかデートとか、そういう……その、なんだろうな、女子大生みたいな話を……あ、いや、それが悪いってわけじゃなくてね？　みんな、まだ女の子として色々頑張ってるんだなって」

「『私がとっくにクリアしたゲームを、あなたたちまだやってるんだ？』って意味は含んでない？」

「まさか。そんなわけ……」

ないじゃん、とは言えなかった。自分の中にあるふわっとした悪意が、言語化されて突きつけられたような気がした。

コロナ禍と子育て期間が重なったのもあり、わたしはみんなと会うのも久しぶりだった。我が家には五歳と二歳の娘がいて、今日は実家の母に預けている。子育てに追われているわたしにとって、同年齢の友達の恋愛話が新鮮だったのは本当だ。『女の子なんだ』という感想には、良い意味も悪い意味もない。けれど、それを言葉にしたらどういう風にとられるか、わたしは……たぶん、わかっていた。

「由宇《ゆう》のダイエットについても、遠回しに『自分のためだけに時間使うのって虚しくない?』って言ってるみたいだったし。……どうして綺麗になったねって、素直に言ってあげられないの?」

高校の頃からぽっちゃりしていて「明日から痩せる」が口癖だった由宇は、コロナ禍で一念発起してパーソナルジムに通い始めた。20kg近く体重を落とした由宇のドレスの袖から伸びる二の腕は細く、自信が表れていた。

「別に変な意味じゃないよ。ただ、子供がいるとジムの時間とるの難しいじゃん。それだけだってば」

「そうは聞こえなかったけど」

そんなの受け手の問題でしょ。……とも思うのに反論できないのは、後ろめたいところがあるからだろう。……たしかに、綺麗に痩せた由宇をひと目見たときから、わたしの胸に薄暗い影が差した。流石に口にはしなかったけど、三十になって痩せても……とか、デブから普通になっただけじゃん? なんてひどい言葉が頭に浮かんだ。みんなに褒められて嬉しそうな由宇の心に、さざなみを立てたい気持ちがなかったとは言えない。羨ましさにマイナスの気持ちがかけ合わさると嫉妬になる。でもあのときのわたしは、自分が彼女に嫉妬していることさえ受け止められないでいた。

しばらくテーブルに沈黙が続いた。
わたしは気まずさに口を閉ざしつつ、ワイングラスの脚を見つめていた。言葉が見つからない。こういうとき、自分の性格の悪さを認めるのと、悪気のない、空気の読めないバカとして振る舞い続けるのと、どちらがマシなんだろう。

「……沙良《さら》が幸せなのはみんなわかってるよ」
根負けして口を開いたのは詩絵だった。責めるような色は失われたが、どこか呆れたような響きがあった。

「若いうちに結婚して、ストレスだった仕事もやめて、すぐに子供にも恵まれてさ。やさしい旦那さんと可愛い子がいて、完璧じゃん。どうしてマウントとるようなことするの?」
ずっと鋭かった詩絵の言葉に、今日初めてはっきり「違う」と思った。マウントなんかとろうとしてない。だってわたし、全然幸せなんかじゃない。

たしかに結婚当初は幸福だった。妊娠が分かったときも嬉しかった。でも、つわりも出産も想像以上に辛かったし、体形が変わっていくのも怖かった。二人目が産まれてからは体形を気にする気力もなくなった。

ちなみに『やさしい旦那さん』は子供が好きだけど、子育てが好きなわけじゃない。散らかった部屋や料理の手抜きに文句は言わないが、片付けたりご飯を作ったりはしない。子供をお風呂には入れてくれるが、汚れ物には触らない。叱るのはわたしの役割で、褒めるのは彼。ガミガミ口うるさい母親と、「ママには内緒だよ」と禁止したお菓子を買い与える父親。子供がどちらに懐くかは明らかだ。「ママ嫌い、パパがいい」と泣き叫ばれる度、何もかも投げ出して逃げたくなる。でも逃げるって、どこに？　両親は祖父母の住んでいた茨城に引っ越し、生まれ育った東京のマンションはとっくに解約されている。仕事に逃げられる夫が羨ましい。

……ああそうだ、わたしは羨ましいんだ。夫だけじゃなく由宇たちも。わたしが失った選択肢を、『女の子』たちはまだ持っている。早く同じところまで来てほしい。結婚して子供を産む。そういう普通の、わたしが普通と信じて歩んだ道を、みんなもちゃんとたどってほしい。自分に時間とお金をかけるなんてズルをしないで。綺麗でい続けたいなんてバカみたいじゃない？　安定した仕事があれば結婚しなくていいなんて嘘でしょ。子供を産まない人生ってありえる？……ありえるの？　あったとしても選ばないで。あぁ、やだな。これじゃあ産んで後悔してるみたい。産んで後悔してるなんて、絶対言えないし言っちゃいけない。本当は思ってもいけないのに。

「わたし……マウントなんかとろうとしてない」

今日のために買ったドレスは、独身時代なら決して手に取らない13号。華奢な女の子が好きだったはずの夫は、今のわたしをどう思ってるんだろう。もう『女の子』じゃないからいいのかな。

腑に落ちない顔をした詩絵は、才能があって近くに頼れる親もいる。子供を産んでも、自分のためにお金を使う余裕がある。そんな詩絵にマウントだなんて言われたくない。だけどうまく言葉にできない。……言葉にできる能力と、弱音を吐ける素直さがあれば、違う生き方もできたのかもしれない。

『みんな引いてるのわかんなかった？』

先ほどの詩絵の言葉が脳裏をよぎる。久しぶりにみんなに会えるのを本当に、本当に楽しみにしていた。昔は会うたびに別れが惜しくて、結局朝までカラオケをした。もう流石にないかな、という思いと、でももしかしたらという期待があって、母に頼み込んで朝まで子供を預けた。でもそっか、変わったのはわたしだったんだ。伝票にサインする詩絵の向かいで、わたしが余計なことを言わなければ、みんな初めて会った男の人より、カラオケを選んでくれたのかな。と、そんな意味のないことを考えていた。

全自動お茶汲みマシーンマミコとけじめ

わたし、本気なんです。今でもそうです。去年の六月……六月十三日の火曜日に、セリザワさんに助けてもらってから。の……ノガミさんも知ってますよね？　営業のあいつ……名前も言うのも嫌なあいつが、来客だからお茶を出せって。そんなの業務の範囲外なのに、他に誰もいないからって、何度も何度も急かされて……。そう、お昼にモンブランをもらった日です。あれ、本当に何だったんですか？　わたしモンブラン嫌いなんです。ノガミさんが好きなんですか？　え、違う？　じゃあ本当に何だったんだよ。昼間はへらへら機嫌取ってきて、夕方になったら手のひら返して意味がわかりません。そんなにお茶が大事なら自分で出したらいいじゃないですか。みんなの前で怒鳴りつけるなんてパワハラですよね？　わたしの仕事はお茶汲みじゃないのに。

あいつに怒鳴られてる間、事務の先輩たちの顔には、だから言ったじゃんって書いてありました。悔しいです。あなたたちがああいう仕事をいつもヘラヘラ請け負うから、令和でもお茶出しは女のコの仕事、みたいなキモい慣習が続くんですよ。

心配そうに見てくるわりに、誰も庇ってくれなかったですね。教育係は休みだったし、ノガミさんだって、わたしを置いて帰りましたよね？　ノガミさんがトイレでメイクを直してきたこと、わたし気付いてましたよ。あざとくてツヤツヤの唇の色、今でもはっきり思い出せます。

いえ、別に謝ってほしいわけじゃないです。女の人っていつもそうですもん。やさしそうなのにやさしくない。大事なときに助けてくれない。仲間でいるには複雑なルールを守らなくっちゃいけなくて、でもルールの説明はしてくれなくて、勘よく察することができなきゃ仲間に置いてもらえない。乱暴に突き出すんじゃなく、やさしく輪から外してくるから、文句を言う隙も与えてくれない。ずっとそうだから怖いです。ノガミさんだって……ていうかノガミさんが一番そう。分厚いバリア張りながら手を差し伸べてくるのが不気味でした。だからわたし、ノガミさんのことがずっと苦手でした。

そうやってみんなが遠巻きにする中、セリザワさんだけがわたしを庇ってくれました。セリザワさんが割って入ったとたん、あいつ急に大人しくなって。ふざけてますよね？　目下にはガンガン言えることが、上司の前では言えないんですよ。でもそれよりも、毅然とした態度のセリザワさんが、とても素敵に見えました。あの会社でわたしを守ろうとしてくれた人は、セリザワさんが初めてでした。

……あぁ、はい。教育係の先輩は、後で抗議してくれたんですよね。知ってます。でもそんなのはポーズです。女の人って心にもないこと平気で言うから。

で、わたし、セリザワさんのこと好きになっちゃったんですね。結婚してるの知ってたから、もちろんだめだってわかってたけど、想うだけならいいかなって。でもバレちゃったのかな。セリザワさんから連絡先を渡されて、困ったことがあればＬＩＮＥしてって言われたんです。それからやりとりを始めたんですけど、しばらくは本当に何もなくて。で、秋、秋になってから、ご飯に誘われて、そこで付き合うことになったんです。ずっとわたしのことが気になってて、気持ちを抑えようとしたけど無理だったって、恥ずかしそうに言ってました。十月二十一日のことです。その日は金曜日でした。

ノガミさんより付き合いは短いですよね。知ってます。いえ、そのときは知らなかったですけど。ひどい奥さんで、逃げ場を求めて一時期ノガミさんに甘えてしまったのかもしれない。だけど、その後でわたしに出会ったんです。彼は、わたしのことだけが好きだったんです。結婚は失敗だった。先に出会ったのがわたしだったら、どんなに良かったかって言ってました。

彼が離婚を望んでたのは？　……知らない？　そうですか！　そうでしょうね。わたしはずっと聞いてましたよ。彼、離婚がしたいけど、子供がいるから無理だっていつも辛そうな顔をしてました。だけど、不仲な両親が近くにいるのって、子供にはかえってストレスじゃないですか。彼は責任感が強すぎるんです。わたしは彼とずっと一緒にいたい。できるなら結婚だってしたい。でもそれよりも、彼を自由にしてあげたい気持ちが強かったんです。信じてもらえないかもしれないですけど。

だから、わたし、奥さんに手紙を出しました。訴えられても構わないと思いました。慰謝料とか、もしかしたら裁判とか……もちろん怖かったけど、彼がこのまま不自由な人生を送るほうが怖かった。返事はすぐに来て、うちは円満だから構うな、みたいな内容でした。嘘ばっかり。でもやっぱり信じきれなかったんでしょうね。スマホ見たんだと思いますよ。セリザワさんのスマホのパスワードは、わたしが教えてあげました。ノガミさんが出てきちゃうのは、わたしとしても想定外でしたけど……あ、この件に関しては、自業自得ってわかってますよね？　そうですか。ならいいです。

続けます。手紙の返事が来てから数日後、彼から電話がありました。勝手に行動したわけだから、多少怒られるのは覚悟してました。でも彼、すごく平坦な、感情を失ったみたいな声で、わたしと別れるって言いました。百歩譲ってそれはいいんです。だけど、家族とやりなおすって、奥さんと別れないって、妻を愛してるとか言っちゃって。

今後一切関わるな、妻から連絡するから応じろ、だって。きっと電話中、後ろに奥さんがいたんだと思います。彼にＬＩＮＥをブロックされました。その代わり、これみよがしに家族写真をアイコンにした奥さんのアカウントから連絡が来て……ここからは、ノガミさんと同じですかね。

そうですか。やっぱ江古田のカフェに呼び出されたんだ。会ってびっくりしませんでした？　話には聞いていたけど、本当にデブでしたよね（笑）。……妊娠についてどう思ったか？　この期に及んで、彼をつなぎとめるための道具を増やしたんだと思いましたよ。……はい？　彼の同意がなくたって、方法はあるじゃないですか。無理やり襲ったんじゃないですか。夫婦間でもレイプなんですよ？　女が加害者のパターンも、全然あると思いますけど。

……わたし、ちゃんと好きだって言われたんです。ノガミさんみたいに雰囲気で流されたんじゃないです。いや、知らないけど、どうせそうですよね？　彼はさみしくて、ノガミさんは暇だった。違いますか？　だからわたしと彼の関係とは全然違う。ノガミさんの言う通り、彼が嘘をついてるとして、その理由って何なんですか？　性欲の処理なら夜のお店でも、それこそノガミさんだっていたのに、どうしてわたしに、家族と不仲だなんて嘘ついてまで、付き合ったりするんですか。愛してしまったからですよね。どうしてそんなに疑うんですか？　疑うのは、ノガミさんにやましいことがあるからじゃないですか？　信じられないような人と付き合うのって、どういう気持ちなんですか？

彼が今、奥さんの実家でどんな思いでいるか、考えると胸が張り裂けそうです。わたし、絶対諦めません。結ばれなくてもいい。ただ彼を解放してあげたいです。手を出さないでくださいね。今日は……ええと、そう。今日はそれが言いたかったんです。

後輩が長い話をする間、マミコは相槌に徹していた。ここは会社から三駅離れたカラオケで、彼女から呼び出された形になる。後輩はマミコのインスタを探し当て、突然コンタクトを取ってきた。意図がわからず警戒したが、無視するわけにもいかなかった。セリザワさんの退職が決まった頃から、彼女は体調を崩しがちになり、会社をよく休むようになった。インスタのDMを送りつけてきてから、今日まで二週間が経っていた。

セリザワさんは先月の末に退社した。役職者である彼の突然の辞職に社内はざわついたが、妻の実家の会社を継ぐとのたまう態度は堂々としていた。急拵えながら、退職日には送別会があった。マミコは気が進まなかったが、断る理由も思いつかず、仕方なく出席した。律儀にテーブルを回るセリザワさんに、マミコは過去のすべてをなかったかのように、寂しくなります、お疲れ様でした、と微笑んだ。セリザワさんも一切の動揺を見せず、お世話になりましたありがとうね、と言った。この日のマミコの口紅はKANEBOのルージュスターヴァイブラントで、可愛い色でオフ後のカサつきもないリップクリームのような使い心地が気に入っている[※1]。いつかこの口紅でこの人とキスをしたな、とマミコはそのときになって思い出した。ちなみに後輩は送別会も欠席した。マミコは非常に疲れて会場を出たが、飲み会の後でも、ツヤツヤの髪にはトラック オイルNo.1の爽やかな香りが残っていた[※2]。

後輩の彼女の入社以降、マミコは同僚として働いていた。会社での彼女はいつもうつむいて、小さな声でボソボソと最低限のことだけを話す。なので今日、彼女の口から、こんなにも長い文章が吐き出されたことにマミコは圧倒された。彼女に釘をさされるまでもなく、マミコはセリザワさんを追う意思はなかった。でもきっと、そんなのは後付けなのだろう。気持ちを吐き出す相手に選ばれただけなのは明らかだった。

彼女は頑なにセリザワさんを庇い、彼を憐れな被害者にした。女は心にもないことを言うと吐き捨てた口で、セリザワさんは嘘をつかないと断言する。

疑うのは、ノガミさんにやましいことがあるからじゃないですか？　信じられないような人と付き合うのって、どういう気持ちなんですか？

本当にそうだな、と思う。マミコがすべての男を信頼していないのは、マミコ自身が誠実ではないからだ。彼女はセリザワさんを被害者にするあまり、その他の全員を悪者にしすぎている感はある。だけど、ここまで相手を信じる勇気はお茶汲みマシーンマミコにはない。諦めと疑う能力だけが、年々強化されている。それを隠して神妙な表情を作るマミコの頬は、ＲＭＫのピュア　コンプレクション　ブラッシュで淡いバラ色に染まっている[※3]。

セリザワさんは、たぶんそんなにいい男ではない。彼女に何を言ったかは知らないが、自分に酔って都合のいいことを耳障りよく語っただけなんだろう。そんな男を信じてどうする……と言いかけてマミコは口をつぐむ。それはマミコも同じだからだ。負けず劣らずろくでなしであるテツくんに期待して尽くしまくっている。

マミコはテツくんが好きだ。だけど少しも信じていない。好きな気持ちはマミコ自身の幸せと密接に結びついている。マミコは結婚がしたくて、そのピースとしての役割を彼に求めている。マミコはテツくんが、自分無しで幸福になるのを望んだことは一切ない。マミコを選ばないなら死んでほしい。それだけはずっと一貫している。今目の前にいる彼女だって、いざセリザワさんが『解放』されたら欲が出る気がする。それでも今この瞬間は、彼のためにと言い切れている。刹那でも、そのまっすぐな思いの強さに、マミコは敗北感を覚える。

わかったよ、がんばってねとだけ伝えると、後輩は満足げにうなずいた。恋と自己犠牲に酔ってはいるが、彼女に強い意志があるのも確かだ。地獄を選ぶ権利はすべての人にある。ひとまずは、会社で大騒ぎなどする気はなさそうで安心である。

後輩と別れ、一人になったマミコは駅へと歩き出す。車窓には、いつもより疲れた顔の若い女が映っていた。都営浅草線に乗り換え、マミコは蔵前駅で下車した。カバンの内ポケットには、ろくでなしの部屋の鍵が入っている。

全自動お茶汲みマシーン
@cosme_mmk

KANEBO

ルージュスターヴァイブラント

[※1]保湿ができるので下地に気を使わなくてもよく、重ね塗りしても可愛いし、一度塗りでもシアーに決まる。これで唇だけは常に美少女。

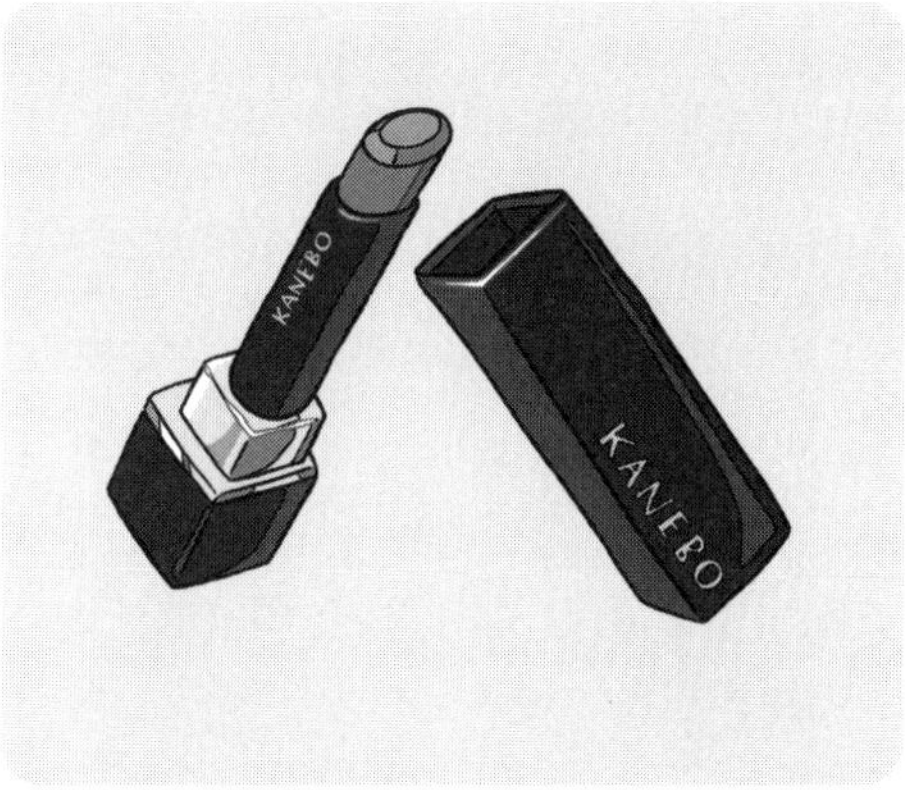

全自動お茶汲みマシーン @cosme_mmk

[※2]髪を軽やかにまとめてくれるところはもちろん、とにかく香りの良いトラックオイル。ベタつきも少なく、オイルが苦手な友達にも好評だった。

全自動お茶汲みマシーン @cosme_mmk

[※3]肌なじみが良く、自然な幸福感を演出できるピュア コンプレクション ブラッシュ。RMKは透け感の表現がピカイチな気がする。

殻の割れる音

大学デビューに失敗し、友達の前に彼氏ができた。恭弥《きょうや》くんとはじめて目が合ったとき、あぁこの人だと思った。すぐに付き合い始め、一人暮らしの彼の部屋に入り浸るまで時間はかからなかった。最低限の授業への出席とバイトの時間を除き、わたしたちはずっと一緒にいた。

開け閉めするたび不穏な音を立てきしむ窓、狭くてチャチなユニットバス、染み付いてしまった煙草の臭い。大学時代の思い出はほとんど、あの狭いアパートの部屋の中にある。恭弥くんの部屋には大きな本棚があったけれど、そこに収まりきらない本や漫画がそこかしこに積んであった。それらはすべて、後世のクリエイターや恭弥くん自身に影響を与えた本だと言う。合わないものも多かったけれど、いくつかの作品は、心にすっと染み入ってわたしの一部になった気がする。

恭弥くんはファッションと文学、映画が好きな人だった。わたしは別にお洒落じゃないしサブカルに詳しくもなかったけれど、変に主張のないところが良かったらしい。恭弥くんの選んだ服を着て、おすすめされた映画を観て、わたしはどんどん彼の色に染まった。ずっと伸ばしっぱなしだった髪をモードなボブにカットしたとき、自分でもぐっと垢抜けたのがわかった。新しい自分になれた気がした。頭が空っぽな同級生たちとは違う、かっこよくて芯の強い特別な女の子に。

……付き合い始めるのがせめて一年遅かったら、もう少し周りに馴染めていた気がする。わたしたちは入学早々に二人で殻にこもってしまった。


二年生の秋、同級生の梶谷《かじや》さんにキャンパスで声をかけられた。彼女は映像研究サークルに入っていて、年末の休みを利用して短編映画を撮るつもりだという。その映画への出演依頼だった。

「まずは読んでみてほしい」と渡された脚本を持ち帰った。帰るのはもちろん彼の部屋だ。恭弥くんはバイトで留守だったので、合鍵を使って中に入る。わたしと彼のパジャマや下着が干されてベランダではためいていた。取り込んで軽く畳んでから、わたしは梶谷さんの脚本を読み始めた。劇的な展開はない。でも登場人物や台詞に温度があって、押し付けがましくないやさしさを感じる物語だった。原作はなく、すべて彼女の創作らしい。素直にすごいと思ったし、圧倒された。脚本中、ひとつの役柄の名前が蛍光ペンでマークされている。わたしに演じてほしい役なのだろう。登場シーンは多くないが、重要な役柄だった。


バイトから帰ってきた恭弥くんに、梶谷さんから映画への出演を頼まれたと話した。脚本が彼女のオリジナルだと伝えると、彼の右頬がぴくりと動いた。

「貸して」

恭弥くんはわたしから脚本を奪い取ると、無言でそれを読み始めた。ほんの数分で読み終えた彼が、ベッドの上に放り投げるように脚本を置いた。

「〝あの辺〟らしいうっすい話だね」

〝あの辺〟というのは、当時のわたしたちがよく使っていた言葉だ。キャンパス内で騒ぎ、大学生活をくだらない飲み会で浪費している、やたらと声の大きな同級生たちを、ひとくくりにしてそう呼んでいた。


「恋愛体質のバカ女の自分探しストーリーじゃん」

恭弥くんの顔にははっきり嘲笑の色が浮かんでいる。

……たしかに、物語は主人公が恋人に振られるシーンで始まる。元彼から手切れ金のように押し付けられた五万円を握りしめ、主人公は衝動的な旅に出る。でも失恋は最後の一押しだ。彼女の家族との不和や就活への不安、いまいちしっくりこない友人関係の中での孤独など、主人公の背景はきめ細やかに描かれている。タイミングが違えば、友人の何気ない言葉や就活の失敗が引き金になったのは想像に難くない。


こんなに本を読んでいる恭弥くんが、どうしてわからないんだろう。……いや、ちがう。たぶんこの人は……。浮かんだ言葉を口に出すわけにはいかなかった。かさついた唇を噛んでこらえる。

　恭弥くんは脚本をこき下ろし、悪口の矛先はやがて梶谷さん本人に向いた。梶谷さんがいい人なのは、わたし……いや、恭弥くんだって本当はわかっているはずだ。だけど、わたしたちは梶谷さんを下に見ていた。入学祝いに親からもらったバッグだけがハイブランドで、あとは上から下まで海外通販で買ったペラペラの服を着ているから。ＳＮＳのノリが痛いから。文学部のくせに芥川もろくに読んでないから。ＢＬ出身の女性作家のファンだから。後から知ったのだけど、わたしたちは二人とも第一志望の大学に落ちていた。そのことも多分、選民意識？　――自分は本来、こんなバカ大に通う奴らとは違うのに、というような――に拍車をかけていたように思う。

「やっぱ薄いもんばっか読んでる奴は、作るものも浅いんだよな」
　この話は終わりだとばかりに言い捨てた彼が立ち上がる。恭弥くんはキッチンに向かい、冷蔵庫を覗き込むが、背中でわたしの様子をうかがっているのがわかった。断れとは決して言わない。代わりに脚本を腐すことで暗にわたしから選択肢を奪おうとしている。ネギを切る音。得意の炒飯でも作る気だろうか。わたしは脚本を胸に抱え、シングルベッドに体を沈めた。味気ない電球を見つめながら、出てみたい、と思った。学生制作とはいえ、映画への出演なんて滅多にない機会だ。何より梶谷さんの描く世界に惹かれてもいた。けれど、その選択が恭弥くんを不快にさせ、傷つけるのはわかっていた。……いや、そんなのは言い訳か。単に自分が、新しい人間関係に踏み出すのが怖かっただけかもしれない。

とにかく、わたしは梶谷さんの映画には出なかった。梶谷さんはすごく残念そうだったけど、ひと月後には別の人を代役に据えて映画を撮り始めていた。その撮影現場を目にしたとき、自分でも驚くほど心が揺れた。映画は無事に完成し、学生映画祭に出したが結果は振るわなかったらしいと、なぜか恭弥くんから聞いた。顔には以前と同じ嘲笑に加えて喜びと安堵が滲み出ている。

「評価されるわけないんだって。あいつら、ものづくりを舐めてるよ」

じゃあわたしたち……薄くない作品にたくさん触れて、ものづくりを舐めていないわたしたちは、いったい何を創り出せるのだろう。恭弥くんの口から延々と放たれる梶谷さんの悪口を聞きながら、わたしは壁際に積まれた古い本たちを見つめていた。神保町で買い集めた古本は、わたしたちに何を与えて何を遠ざけたのか。

やがて就活の時期がきて、わたしは中規模のｗｅｂメディア、恭弥くんは全国展開しているディスカウントストアの運営会社から内定が出た。周りが悪戦苦闘する中、二人とも比較的早めに就職が決まって精神的には余裕ができた。けれど、ディスカウントストアの運営が、恭弥くんのやりたいことではないのは明らかだった。出版社や映画の配給会社を受けていたことは、わたしにさえ隠していた。

梶谷さんは卒業間際に小さな脚本コンクールで賞をとり、脚本家としてのキャリアを選んだ。まずは現役の脚本家のアシスタントをこなしながら、自分でも執筆を続けるという。給料が低い割に拘束時間が長いので、一人暮らしは夢のまた夢……梶谷さんは自虐しながらも、その顔は希望に満ちていた。羨ましさがないわけじゃなかった。けれど、脚本家としての才能、作品を書き上げる根気、それを他人の評価に晒す勇気、すべてわたしにはないものだから、素直に報われてほしいと思った。卒業式で「がんばってね」と月並みな言葉をかけたわたしに、梶谷さんは「ありがとう！　良かったらたまにはお茶でもしようよ」と眩しい笑顔を向けた。卒業後、梶谷さんは実際に何度か誘ってくれた。毎回理由をつけて断っていたら、やがて誘いもなくなった。

卒業後、恭弥くんと正式に同棲を始めた。毎日職場の店頭に立ち、アルバイトの管理やクレームに追われる恭弥くんはみるみるうちにストレスを溜めた。感情を抑える努力は伝わってきた。暴力を振るわれたこともない。けれど、不機嫌な人とずっと一緒にいるのはしんどくて、少しずつ心は離れていった。お互い別れを選ばなかったのは、そうしてしまえばこの数年が否定される気がしたからだろう。恋人以外何も得られなかったのに、それが間違いだったとすれば、わたしたちの大学生活が意味を失ってしまう。

穏やかで冷えた生活に慣れきった頃、ＳＮＳで梶谷さんが本を出したのを知った。脚本の勉強をしながら書いた小説が、ある文学賞をとっていたらしい。有名なインフルエンサーが紹介する投稿が拡散されて、Ａｍａｚｏｎの文学・評論ジャンルで一位になっていた。水彩画風の淡いトーンの表紙には、たしかに彼女の名前がある。急いで向かった近所の書店で、彼女の本はすぐに見つかった。売り場で平積みになっていた。ネットで書影は見ていたけれど、質量のある紙の本を目の前にすると改めて感慨深かった。わたしが立ち尽くしていると、視界の端からＧＵＣＣＩの腕時計をつけた華奢な手首が伸びてきて、梶谷さんの小説を手に取った。綺麗な黒髪を顎のラインで切りそろえた若い女の子だった。わたしも後に続く。紙の本を買うのは久しぶりだった。

自宅に戻り、ソファに寝転び本を開いた。最初の章だけ読むつもりだったのに、気付けば一気に読破していた。最後のページを読み終えて、わたしは大きく息を吐き目を閉じた。ありきたりな言葉だけれど、心がじんわり温かくなった。読者の心をコントロールしようとせず、ありのままを受け入れる姿勢はとても梶谷さんらしい。

すごいよ。すごい。おめでとう。梶谷さんは自分の世界を作ることを諦めていなかったんだね。

不意にこぼれ落ちた涙を、スウェットの袖で乱暴に拭う。いつしかわたしは、本を胸に抱えたままソファで眠りに落ちてしまった。

物音がして目を覚ますと、恭弥くんが帰ってきていた。一時間ほど寝てしまったらしい。ちらりとわたしに目を寄越した彼は、ただいまより前にこう言った。

「相変わらず浅いよな」

わたしは首を傾げたが、すぐに梶谷さんの本のことだと気付いた。

大学時代の知り合いとはほぼ疎遠なはずの恭弥くんは、SNSで話題になる前に梶谷さんの本を読んでいたらしい。それは意外なようで、全く意外でないことだった。

「わたしはそうは思わない」

リュックを下ろした彼の動きが止まる。振り向いた恭弥くんはわたしに怪訝な視線を向けた。一緒に暮らしているにもかかわらず、目が合うのは久しぶりな気がした。……恭弥くん、前からこんな顔だっただろうか。血色が悪く、目の下のクマが濃い。現実世界でもみくちゃにされた大人の顔だった。彼の右頬がぴくりと動く。

短くない沈黙があり、あぁ、これは猶予なのだなと思った。だけど言葉を取り消す理由はない。恭弥くんは煙草を取り出し、換気扇の下で火をつけた。ライターの音。未だにわたしたちは紙の煙草を吸っている。彼の口から出る有害な煙は、一秒だって動きを止めずに外の世界に溶け込んでゆく。たっぷり時間をかけて吸った一本が、携帯灰皿の中でひしゃげた。

「そうですか」
タイムリミットが来たようで、恭弥くんはこちらを見ずに言った。そのとき、パキンと音が聞こえた気がした。心が折れたというには大げさな、諦めの音。あるいは心を閉じた音？　それは恭弥くんだけでなく、わたしの胸からもたしかに聞こえた。

翌朝、いつものように出社したわたしは、恭弥くんと暮らした家には二度と帰らなかった。実家が便利なところにあって良かった。未だに学習机の残っている自室で膝を抱えながら、わたしは自分が思うよりずっと身軽だったことに気付いた。いつかのボーナスで買ったＴＨＥ ＲＯＷのトートバッグの中には、仕事用のＰＣと社員証、財布と実家の鍵と最低限のコスメ、それから一冊の本だけが入っている。それで充分だった。衣類はすべてユニクロで揃えた。

恭弥くんには何も伝えず出てきたが、彼もこうなることをわかっていたように思う。半月後にごく事務的な連絡があり、それから同棲解消のための作業をお互い粛々と行った。二人で暮らしたマンションは一人で住み続けるには都合が悪く、恭弥くんも家を出ることになった。彼が新しい家を決めるまでの家賃と、不用品の処分にかかる費用は折半で合意した。

恭弥くんは家探しを引き延ばすことなく、およそ二ヶ月で引っ越しを決めた。連絡を受けて指定されたファミレスに向かうと、少しスッキリした顔の彼がいた。向かい合い、ほとんど無言でステーキを食べ、なぜか食後にパフェまで頼んだ。二人で出かけなくなって久しいけれど、昔は……それこそ学生の頃は、いつまでもファミレスや安居酒屋でおしゃべりをした。何を話していたかは思い出せない。

苺とクリームが乗った巨大なパフェを、彼は懸命に食べ進めていた。登山者みたいな真剣な目だった。その様子を眺めていたら、なんとなくだけど、案外この人は次に付き合った人とさっさと結婚するんじゃないかと思った。それもわたしと正反対の、屈託がなくて素直な梶谷さんみたいな人と。

この日の目的は荷物の受け取りだった。家具や家電のほとんどを恭弥くんに渡す代わりに、わたしは自分の荷物の処分を頼んだ。溢れるほど持っていた服や本も売ってもらったから、それなりの金額になっただろう。相談せず家を出たことの慰謝料代わりになればいい。わたしが梶谷さんの本だけは持って行ったことに、恭弥くんは気付いているはずだが何も言わなかった。

「中身、確認して」

彼が差し出したブランドのロゴ入りの紙袋には、少しの書類と貴重品をまとめたジップロックが入っていた。買ったまま未開封だった口紅が入っていたのはありがたかった。

会計は恭弥くんがした。

店の前で彼を待ちながら、わたしは最後の言葉を考えていた。けれど、恭弥くんは店を出るなり「じゃあ」と小さく手を挙げて、かつてのわたしたちの家へと帰っていった。あまりに質素な挨拶に、わたしは呆気にとられて少し笑った。名残惜しいわけではないが、何となく後ろ姿を見送ってみた。一度も振り返らず、彼は他人の群れの中に消えていった。パキン。パキン。

わたしは恭弥くんとは反対方向、駅に向かって歩き出す。喫煙所の前を通ったとき、ポケットの中の煙草の存在を思い出した。思えば煙草を吸い始めたのも恭弥くんの影響だった。十代のわたしには、彼の言動すべてが大人びて見えた。彼の選択をなぞれば自分も特別になれる気がした。けれど、彼は少し気難しい普通の男の子で、わたしはやや流されやすい普通の女の子だった。十一年の月日でちょっと肺を黒くして、ようやくわたしは気が付いたのだ。まだ半分以上残っている煙草の箱をクシャクシャにしてゴミ箱に捨てた。

両親はけっこう保守的だから、三十手前の娘が同棲していた彼氏と別れたなんて聞いたら頭を抱えるかもしれない。でも別にいい。わたしも新しい家を探そう。狭くても日当たりが良くて、気持ち良い風の通る部屋にしよう。初めての一人暮らしになる。またパキンと音がして、わたしはようやく正体に気付いた。それは諦めなんかじゃなくて、わたしの、わたしたちの殻が割れた音だった。

全自動お茶汲みマシーンマミコの暴走

いっそ殺してしまおうか。ある日の早朝に目覚めたマミコは、隣で軽いいびきをたてるテツくんの寝顔を見ながらそう思った。見回してみれば、キッチンのナイフや包丁はもちろん、延長コードやタオルやライター、ごく一般的な一人暮らしの部屋にも、人間を殺《あや》める道具はいくらでも転がっている。

数時間前、いつも通りマミコはテツくんの家で料理を作り、片付け、ゴミをまとめ、テツくんの後で風呂に入り、髪にタオルを巻いたまま風呂場を掃除した。洗剤がなくなりかけていたので、マミコは洗面台の下の収納扉に手をかけた。風呂掃除用の洗剤のストックは、ボディソープやシャンプーと一緒にまとめ買いしてある。収納庫を開けた途端、マミコは微妙な違和感を覚えた。ほぼ隙間なく並んだストック類、その位置がちょっと変わっている気がする。マミコは直感に導かれるまま、収納庫の左奥に手を伸ばす。見覚えのない小ぶりなポーチが出てきた。中身はクレンジングと洗顔料、化粧水に乳液、ビューラーとリップクリームなどである。どう見てもお泊まりセットだった。

タイミング悪く、テツくんが目薬を取りに洗面所に来た。マミコの手の中にあるポーチを見て、彼は一瞬やべ、という顔をしたが、マミコが何かを言う前に、それは同性の後輩が泊まりに来たときの忘れ物で、彼は美意識の高い男で軽いメイクをしているのだと、聞いてもないのに説明してくれた。コヤマ……ほら、コヤマヨウタだよ。年下なのに結婚二回目の。この前、結婚式に行った話したじゃん？

一時は鬱っぽく、食欲も性欲も失っていたテツくんだが、近頃はマミコの献身（笑）のおかげで調子を取り戻しつつあった。ご飯もよく食べる。マミコにも触れるようになった。そうして元気になったから、新しい女を探す気になったということか。半同棲状態の部屋で、マミコの気配は打ち消しようがない。きっとスガワラさんは自分の私物を隠すような男の家には泊まらないから、十中八九知らない女だ。マミコはふぅん、と言いながらポーチを収納庫に戻し、そんなことより洗剤のストック切れそうだね、と何でもない風を装った。テツくんは安心した様子でＡｍａｚｏｎで注文しておくと言って洗面所を後にした。目薬はもういいのだろうか。蛇足だが、一見シンプルなポーチはいつかのＳＵＱＱＵのクリスマスコフレのものだし、ポーチの中に入っていたクレンジングオイルは、先月の美容雑誌の付録であった。クリスマスコフレの予約合戦に参戦し、美容雑誌を買い、まつげを上げ、リップクリームに唇がほんのり赤く色づくザ パブリック オーガニック 精油カラーリップスティックを選ぶ後輩男子がいるのなら、ぜひ紹介してほしいとマミコは思った［※1］。ポーチは単なる忘れ物なのか？ 収納庫の奥に隠したのは、テツくんか？　それとも女か？　どっちがマシだろうか？　それって考える意味があるか？　そうそう、かつてはマミコのポーチもこの場所に隠してもらっていた。テツくんは自宅に堂々と化粧品を置かせる女と、隠して置かせる女の二人がいないと満足できない人なのかもしれない。

……まぁでも、堂々と置かせてもらえる女に昇格したってことですし？　マミコは自分を騙そうとしたが、さすがに無理のある話であった。虚しい気持ちは時間が経つにつれ憎しみに変わった。ベッドの上で天井を見つめ続けたマミコが、ふと時計に目をやると、針は午前四時を示していた。隣で気持ちよさそうに眠る男の、明日が来ると信じて疑わない安らかな寝顔を歪ませてやりたいような気がした。ベッドサイドのテーブルランプは金属製で、凶器の役割を果たせそうだった。試しに軸の部分を握ってみると、妙に手に馴染む感じがした。どのくらいの強さで殴れば、気を失ってくれるんだろう。いや、殴らなくてもいい？　首にコードを巻き付けて引っ張ればいいだけ？　マミコが思案していると、テツくんのまぶたが微かに震えた。

眠れないの？　上半身を起こしてテーブルランプに触れているマミコに向かって、寝ぼけ眼のテツくんが言う。マミコが答えずにいると、テツくんはマミコの肩に手をかけて、自分のほうへと引き寄せた。マミコは不思議と抗えなかった。彼の胸に手を当てる。マミコと同じ柔軟剤の匂い。体温。鼓動。小さな子供をあやすみたいに、彼の手がマミコの頭をなでる。おやすみ、マミコ。マミコはなんだか泣きたくなったが、深呼吸して涙をこらえた。おやすみ、テツくん。自分のつぶやいたその言葉を、もう二度と口にすることはない気がした。

次に目が覚めると朝九時半だった。頭はだいぶスッキリしている。テツくんは変わらずすやすや眠っているが、もう殺そうとは思わなかった。マミコは洗面所に立ち、毛穴の汚れをすっきりオフするルナソルのスムージングジェルウォッシュで顔を洗って［※2］、エレガンスのオールインワン、イドラ ヴェリテで手早くケアをし［※3］、KANEBOのクリーム イン デイ、ライブリースキン ウェアでナチュラルかつ上品に肌を整えた［※4］。セパレートしたまつげ、ナチュラルにアイシャドウをなじませた目元、リップライナーでちゃんと縁取りをした唇。いつもより丁寧にメイクを施し、マミコは鏡の中の自分に満足した。そして、洗面台や風呂場に置いていたコスメたちを、マミコはできる限りバッグに詰めた。

十一時過ぎ、マミコが遅めの朝食あるいは早めの昼食を用意したタイミングで、テツくんが起きてきた。大あくびをし、あいさつもなしにパジャマのまま、当然のようにテーブルについた。メニューは豚肉のロールステーキとサラダ、だし巻き卵に味噌汁である。テツくんは一切料理をしないくせに、粒状だしを（というか、粒状だしを使う女を）異常に憎んでいる。なので味噌汁はちゃんと鰹節でだしをとっている。

マミコがいただきます、というと、会釈のように首を動かして彼も箸をとった。無言で食事を口に運ぶテツくんを見て、やっぱり顔がいいなぁ、とマミコは思う。いつも通り大した会話はなかった。食器をさげ、食後のお茶を出しながら、マミコは帰るね、と言った。なるべく平坦に、スーパーに行ってくる、みたいな温度で言ったつもりだったのに、こんなときだけ無駄に鋭いテツくんは何かを感じたようだった。……どこに？　マミコは意識して笑顔を作り、自分の家に、と答えた。テツくんの顔が一瞬ひきつる。けれどすぐ、マミコに合わせた笑顔を作った。明らかな作り笑顔でも、彼の笑った顔をマミコは久しぶりに見た気がした。

いつ帰ってくる？　テツくんの顔に浮かんだ不安の色を見て、マミコは不思議なような、ほっとするような心地がした。当然帰ってくるものと信じているように見せつつも、動揺が隠しきれてない。でもこういうダサいところが、かえってマミコを夢中にさせたのかもしれない。

もう戻らない。マミコが絞り出した声は、小さいが震えてはいなかった。沈黙。朝の光が差し込むリビングは明るい。マミコが淹れたお茶の湯気が、白く儚くゆらめいている。マミコはテツくんの頬に張り付いた笑顔が乾いてひびわれてゆくのを見た。

もう無理、と声に出したところで、マミコの目から涙が落ちた。絶対に泣きたくなかったのに、マミコは涙を止められなかった。故障である。というか、ポンコツマシーンはいつも故障している。ていうか、衝撃的な秘密を明かすと、マミコは実はマシーンではない。本当は野上《のがみ》麻実子《まみこ》という名の人間だった。何がお茶汲みマシーンだ、ばか。マミコは、……わたしは、ずっと悲しかったし苦しかった。自分でマシーンの殻を被ったから、周りにもそう扱われた。

「なんで？」

テツくんこと尾形哲《おがたてつ》くんは問うが、いくら自分に甘くとも、わたしを大切にしてきたとは流石に思わないだろう。好意を当然のように受け取って、礼を言うことも、何かを約束する気もなかった。普段は存在を無視するくせに、わたしが用事で来られないときは、しつこいくらいに連絡を寄越した。必要とされていると必死で思い込もうとした。いつかは献身が彼の心を溶かし、愛されるのだと信じたかった。だけど哲くんが身勝手であるように、わたしもまた自分のことしか考えていなかった。わたしは哲くんと彼に付随する価値……顔や肩書き、収入などが欲しかっただけで、彼の幸せは微塵も望んでいなかった。そういう意味では、わたしたちはずっとお似合いだった。本当に。

「来月、誕生日だね。ディズニーランドでも行く？　俺、実はチケット買ってあって」

わたしが黙っていることを迷いと判断したらしく、哲くんは見当違いの台詞を吐く。苦し紛れの口約束だ。一時気持ちが盛り上がっても、長続きはしないだろう。そもそもディズニーのチケットは前の彼女と行くために買って、延期の処理をしただけだ。わかっているのに、すがりつきたくてたまらなくなった。打算に満ちた恋だったけど、わたしはこの人のことが好きだった。この人以外、だれも好きじゃなかった。

「今まで……」

ありがとうと言うつもりだった。でも、どう考えてもつらいことのほうが多かった。彼にしてもらったことはほとんどない。そう考えると笑えてきて、わたしは単に「元気でね」とだけ言った。前後の台詞がつながらないが、そんなのは誰も気にしないだろう。ずっと、わたしを選ばないなら死んでくれとまで思っていた。今朝は殺そうかなと思った。けれど、今は少なくとも死んでほしいとは思わない。幸せを願えなくとも、今の気持ちのまま、別れるのが最善のはずだった。刑務所ではデパコスはきっと使えないし。

「俺以上の男はいないよ」

玄関で靴を履いているとき、後ろから彼の声がした。そうかもしれない、と一瞬思った。それでも何とか、わたしは振り向かずに玄関のドアノブに手をかけた。シューズクローゼットの上に鍵を置いて外に出る。哲くんは追いかけてこなかった。両手に食い込んだ荷物が重い。マンションのゲートを出たとき、頬を撫でる風が暖かいな、もう春なんだと思った途端、また涙が出てきてその場に座り込んでしまった。

「大丈夫ですか」

声をかけてくれたのは、背の高い女性だった。長い黒髪を綺麗に巻いて、トレンチコートを着こなしている。わたしが泣いているのを見て、ポケットティッシュを差し出してくれた。目元を拭いながら礼を言うと、彼女は少し考えてから、カバンの中から個別包装のマスクまで取り出し手渡してくれた。

優しくされるとますます泣けてきてしまう。涙がとまらず、わたしは座り込んだまま、マスクを胸に抱くようにしてしばらく立ち上がれなかった。丁寧に塗ったマスカラやアイシャドウ、すべてが流れ落ちてゆく。女性はいたわるように隣にしゃがんで背中をさすってくれた。その間、なぜか彼女はわたしではなく目の前のマンションを見上げていた。泣き顔を見ないよう気を遣ってくれたのかもしれない。

数分後、ようやく落ち着いたわたしが改めて礼を言うと、彼女は元気を出してね、とでも言うようにわたしの肩に優しく触れた。小さな顔の目から下は、薄いグレーのマスクで覆われている。それでも彼女が微笑んだのがわかった。日に透けるような金色の瞳が美しかった。そして――彼女は先ほどわたしが出てきた、哲くんのマンションのエントランスに入って行った。すれ違ったことはなかったと思うが、住人だったのだろうか。

もらったマスクをつけ、わたしはトレンチコートの彼女と同じく目の下を隠しながらタクシー乗り場に向かった。余計な出費だが、大荷物を抱えながら電車を乗り継ぐ気力はない。目が真っ赤なのは花粉症ということにしよう。タクシーに乗り込んでから、哲くんのＬＩＮＥアカウントをブロックした。そんなことしなくても連絡なんかない気もするし、今にも着信がありそうな気もする。どちらにせよ、人間扱いをしてくれない恋人は、どんなに顔が良くてもいらない。そんなことに気付くまで、ずいぶん傷ついてボロボロになった。

家につき、わたしはひとりぼっちになった。爆裂に泣いたので、アイメイクは完全に落ちている。哲くん以外の男とも関係を絶ったため、毎週末、デートの予定で埋まっていたスケジュールは向こう二ヶ月空っぽになっている。髪でも切ろうかな、と思いつきネットのヘアカタログを見てみたが、でもやっぱ、わたしは長い髪が好きだと思う。似合うしね。デートの予定がなくたって、わたしは自分を飾るのが好きなのだ。誰のことも好きじゃなかったときも、コスメのことはちゃんと愛していた。

人間に戻ろうとしている今、マシーンの鎧がどんなに強く心を守ってくれたか身にしみる。愚かだが、わたしが一生懸命つくった鎧だ。自分の死体の上で踊るような日々だった。これからは、ちゃんと人間をやりたいと思う。生身の心には現実はあまりに険しい。女の子じゃなくなった後にも、希望を持って生きていけるのか。

しばらく恋愛はいいか。そう思えたことは、わたしの人生で初めてだった。いつも彼氏がいないと不安だったけど、いても不安なものは不安なのだ。しばらく好きなことだけしよう。不倫の慰謝料を払ったつもりで散財しちゃうのもいいかもしれない。女友達と旅行。高い寿司。今日は気が済むまで泣こう。野上麻美子は人間だから、たまには感情に振り回されて泣いたりもする。

おしまい

全自動お茶汲みマシーン　@cosme_mmk

[※1]色つきリップのなかではかなりしっかりめの発色。ひと塗りで顔色が良くなるし、保湿もできるので便利。お値段が手頃なのも嬉しい。

全自動お茶汲みマシーン　@cosme_mmk

[※2]ルナソルのスムージングジェルウォッシュはみずみずしいジェルが毛穴汚れを落としてくれる洗顔料。香りもよく、時短にもなるので気に入ってる。

全自動お茶汲みマシーン　@cosme_mmk

[※3]エレガンスのBAさんに化粧崩れを相談したら、すすめられたイドラ　ヴェリテ。試してみたらドンピシャ。一本で時短＆メイクのりもよくなる美容液。

全自動お茶汲みマシーン
@cosme_mmk

KANEBO
クリーム　イン　デイ、ライブリースキン　ウェア

[※4]自然な質感が美しく、最高の仕上がりを叶えるクリームファンデ。日焼け止め効果はクリーム　イン　デイで補う。最近一番感動した組み合わせ。

ヨウくんとうちら♡（4）

既読 いま例の職場の先輩から電話あってさ

既読 やばい女が家に来たらしい

既読 怖いから今から家まで来てくれって言われた

Akari Miyagi

え？あの女癖悪いイケメンだよね？
ちょっとだけ中島健人似の…

既読 そう　でも知らない女らしい

既読 インターホンのカメラには映らないのに、
ドアスコープ見るといるんだとwww

かがわひなた

は？お化けじゃん

既読 マスクつけてて顔わかんないけど、
黒髪ロングの背の高い女で、

既読 私、綺麗？しか言わないらしい

小山光

こわすぎ

Akari Miyagi

ポマード！ポマード！ポマード！

かがわひなた

Hinata Miyagi
ポマード！ポマード！ポマード！

なにそれ？

おわりに

2016年、通勤電車の中で「全自動お茶汲みマシーンマミコ」を書き始めました。なんとなく浮かんだ「全自動お茶汲みマシーン」という言葉の響きが面白い気がして、それを自称する女の子の話にしました。

白井瑶としてX（当時はTwitter）とブログを始めたのもその年で、最初は本当に誰にも読まれないブログでした。それでも構わなかったのだけど、運良く別の記事がバズってマミコシリーズもたくさんの人に読んでもらえるようになりました。

マミコは何股もかけるし不倫もするし、困っている人を平気で見捨てる。嘘もつく。そういう主人公だから、あまり読者に好かれないだろうなと思っていました。けれど、マミコのことを好き、気持ちがわかるとコメントをくれる女性が多くて、本当に嬉しく思っています。

もうずいぶん前ですが、相互フォローしている友人が、マミコの記事をコメント付きでリポストしてくれたことがありました。そこにはマミコが好きだということに加え、「自分とマミコは全然ジャンルの違う女の子だけど、そんな彼女が私も知ってる、持ってるあれやこれを使っているのを見ると、ああ地続きなのだなと感じられる」とありました。そのコメントを見たとき、わたしの表現したかったことはこれなのかもな、と思いました。

女性というだけで共感しあえるとも思っていないし、無条件で仲良くなれるとも思っていない。けれど、「女の子だから」と言われて育って「女性ならではの」何かを期待されているわたしたちは、やはりどこかでつながっている。「地続き」の言葉は今回友人の許可を得て、帯にも使わせてもらいました。

人生で初めての転機は十二歳の頃でした。転校です。

以前の学校では曖昧だった男女の線が、はっきりと引かれているのがすぐわかりました。『女子』の領域に招かれたわたしは、大人びたクラスメイトたちが織りなす社会に必死に適合しようと努力しました。それまで決して女の子らしいとは言えず、男の子たちと漫画を回し読みしてガハハと笑っていたわたしには、女の子たちの常識や暗黙のルールを読み取ることが難しかったです。最初の一年、ほぼ女の子の気持ちを考えていたように思います。

子供の頃から本が好きで、ぼんやりとお話をつくる人になりたいと思っていました。小学校の頃の将来の夢には作家と書いたこともあるような気がします。けれど、小説を書きあげて文学賞に応募することもなく、普通に進学・就職をしました。それが今になって、こうして本を出せるようになって本当に嬉しく思います。

「たくさん旅行に連れて行ったのに、あなたはグアムのビーチで頑なに本を読むような子供だっ

母に時折言われるのですが、グアムの海より魅力的だった本たちのおかげでこうして作家になれたので許してもらえると思ってます。

いつも読んでくださった読者の皆さんはもちろん、装丁のMIKEMORIさん、『地続き』のヒントをくれた友人、何より担当編集の鈴木さんに感謝します。学生時代からブログを読んでくださったという鈴木さんが、編集者となって声をかけてくれたこと、こうして本が仕上がったことは、ここ数年で一番嬉しい出来事でした。

マミコは永遠に二十七歳だけど、読者の方々の時間は止まりません。今はもう会わなくなった友達みたいに、たまにマミコのことも思い出してもらえたら嬉しいです。

白井瑶

PROFILE

白井瑶（しらいよう）

都内で会社員として働く傍ら、2016年頃からブログ「ゆらゆらタユタ」にて創作短編を執筆。

女性の本質をえぐる苦味と繊細さのある作風が話題となり、本作『全自動お茶汲みマシーンマミコ』で作家デビュー。

インフルエンサーとして主にX（旧Twitter）でも活動中。

全《ぜん》自《じ》動《どう》お茶《ちゃ》汲《く》みマシーンマミコ

2024年9月18日　初版発行

著　白井瑶　©Yo Shirai 2024

イラスト　MIKEMORI

発行者　山下直久

発行　株式会社KADOKAWA
〒102-8177 東京都千代田区富士見2-13-3
電話 0570-002-301（ナビダイヤル）

ブックデザイン　krran

印刷・製本　株式会社暁印刷

Printed in Japan ISBN978-4-04-811330-4 C0093